ふたりの渚

未知なる世界と恋の予感

伊坂勝幸
Isaka Katsuyuki

幻冬舎MC

ふたりの渚
～未知なる世界と恋の予感～

目次

◎この作品はフィクションです。実在の人物、団体などとは関係ありません。

第 1 灯目

ふたりの渚に恋の予感？

第1灯目　ふたりの渚に恋の予感？

休日の午前中、朝食の支度を終えたイケちゃんこと池江渚《いけえなぎさ》は、テレビの情報番組を見ながら食事を始める。２枚目のトーストにバターをぬっていると、テレビに白い灯台の様子が映し出された。イケちゃんはバターナイフを持ったままテレビ画面をじっと見る。

『この灯台……どこだったかな。見覚えがあるんだけどな……えっと。そうだ、観音埼《かんのんさき》灯台だ！』

テレビ画面のテロップに「神奈川県・三浦半島の洋式灯台」と表示され、リポーターらしき女性が灯台の展望エリアで手を振っている。その後、リポーターからの情報が伝えられる。

「日本全国に、参観灯台というのぼれる灯台が16ヶ所あります。今日は、その中の一つである観音埼灯台の展望エリアに来ています！」

テレビ画面を見ながら、イケちゃんは小さくガッツポーズをする。すると突然、参観灯台めぐりをした時のさまざまな記憶がよみがえってきた。

数年前、インターネットで旅行に関するブログを読んでいた時、自分と同じ渚という名前の人が書いたブログを見つけた。自分と共通点が多かったので、その人のことを詳しく知りたいと思いコメントを送信した。ブログの主《ぬし》である、お姉さんこと白石渚《しらいしなぎさ》からの返信コメントを読み、お互いに自宅の最寄り駅が渚駅だということを知った。けれども渚駅が２ヶ所存在して、イケちゃんは長野県で、お姉さんは岐阜県だった。どちらも海なし県なので、また新たな共通点がわかった。

　イケちゃんから、『お互いが暮らしているエリアを観光案内しませんか？』という提案をしたところ、お姉さんからは賛同を得られそうもない様子だった。しかし、さらにコメントのやり取りを続けたところ、お姉さんが過去にイケちゃんのブログを読んでいたことがわかった。そこから、お姉さんもイケちゃんに関心を持つようになり、こうして二人の関係性がスタートした。

『今は充電期間として旅行は中断しているけれど、お姉さん、元気にしているかな？』

　ブログを通じて出会った頃のことを思い出し、懐かしさが込み上げてきた。トーストをかじりながら、さらに記憶をたぐり寄せてみる。

　イケちゃんは、お姉さんが暮らしている岐阜県高山市の古い町並みエリアなどを案内してもらった。その１ヶ月後、今度はイケちゃんが、自分が暮らしている長野県松本市の松本城などを案内した。二人の関係性が深まり、海なし県で生まれ育った者同士、海に対する憧れがあり一緒に旅をしたいという気持ちが一致するようになっていた。

　こうして、イケちゃんの提案により本州最南端の地を目指す旅をすることになった。たどり着いた最南端の地には潮岬《しおのみさき》灯台という大きな灯台があり、参観灯台だからのぼれると係員から言われた。灯台の中に入り螺旋《らせん》階段をのぼり展望エリアに出ると、大海原の先には水平線が見えた。

　生まれて初めて見る絶景に魅了されてしまった二人は、それぞれに何かを感じ取っていた。

『あの絶景って強烈なインパクトがあったよな。あの瞬間に何かがパッと開けた感じがしたかも』


　その時の感動を維持したまま、係員からもらった参観灯台のリーフレットを見ていた。イケちゃんが何かにとりつかれたかのように検索を始めてから数分後、お姉さんに向かって提案した。

「全国にある参観灯台を完全制覇しようよ！」

　その言葉に対するお姉さんの反応は……勝手にどんどん進めてしまうイケちゃんの強引さにムッとしていたようだ。


『水平線を眺めた時の感動が、これから先の運命を決めたような気がする』

　イケちゃんは、初めてお姉さんを怒らせたことより、あの時に芽生えたワクワク感の記憶が上回っているようだった。


　お姉さんとの初めての旅行中に、今後のことを話し合ったことも思い出した。旅行の計画を交代制での担当にするという、お姉さんからの提案があった。お互いをもてなすという精神によって旅行の質を高めるのが狙いだった。結果は大成功となり、どの旅行計画もそれぞれの渚の性格がよくあらわれていた。

イケちゃんは、ちょっと変わったつかみどころのない性格で、それは言動にもあらわれている。交通案内所勤務という職業柄、検索能力が高くキメの細かい計画を立てられる。潮岬灯台にのぼった直後に、残りの参観灯台15ヶ所をめぐる旅のプランを短時間で作り上げるのは簡単なことだった。マイペースな行動でお姉さんを怒らせてしまうこともあるが、自分の非を認める素直さがある。

◇

即興で作られた旅のプランは、改めてよく見ると感心してしまうほどの内容だった。お姉さんは、この出来事がきっかけでイケちゃんとの接し方やコツを把握し始めたようである。

お姉さんはイケちゃんより一つ年上で落ち着いた印象がある。銀行勤めを辞《や》めてからは親戚のおみやげ屋で働いているので、限られた人たちとの交流しかなく最近のご時世には少々うとかった。イケちゃんからお姉さんと呼ばれるようになり、自分なりの経験値を生かした旅を提案しようと考えるようになった。最初の担当になった時は心のゆとりをテーマにした旅行計画を意識した。お金や時間の節約はやや後回しでいいと考えているようだが、交通機関や宿泊施設の早割やお得切符の存在を知らない。そしてレンタカーの予約を忘れてしまうといった危なっかしい面もあるが、旅をするのが大好きという点はイケちゃん以上かもしれない。

◇

食事を終えると、イケちゃんは旅行へ行った時の写真を収めたアルバムを取り出す。アルバムをめくると、参観灯台めぐりをした時の光景が次々と思い浮かんだ。

参観灯台の完全制覇に向けた最初の旅は、宮古島と沖縄本島だった。

「伊良部《いらぶ》大橋を車で渡ったことが、特に印象に残っているわね」

写真を指差しながら、独り言のようにつぶやく。

『その次は私の担当だった東北地方の旅……有名観光地を組み合わせると、旅費が膨大《ぼうだい》になるって気づいて慌《あわ》てちゃったのよね。お姉さんからのアドバイスで素敵な旅になり、本当に楽しかった』

秋田県の入道埼《にゅうどうさき》灯台の写真を見ながら、イケちゃんは日本海の水平線を思い出している。

アルバムをめくると、先ほどテレビで見た観音埼灯台の写真があった。

『静岡県熱海市の初島《はつしま》灯台へフェリーで行ったし、御前埼《おまえさき》灯台からは富士山が見えた……天気に恵まれたわね。それから、その次は……そうか伊勢神宮だった。ちょっとせわしなかったけど、次は余裕をもってお伊勢参りしたいな』

さらにアルバムをめくる。

『おっ、隅田川の川下りだ！　東京観光と房総半島の灯台めぐり。贅沢《ぜいたく》な旅だったな。仕上げは夢のテーマパーク……またいつか、お姉さんと行きたい場所よね。そうだ、あの日の夜に……』

参観灯台めぐりの思い出にふけっていたが、イケちゃんの自宅で旅の反省会をしている時のことを思い出した。お姉さんが当時付き合っていた彼と別れたという話を聞かされて、イケちゃんはショックを受けて考え込んでしまった。自分が参観灯台めぐりに巻き込んだことで、お姉さんの運命を変えてしまったのかもと思い、お姉さんに迷惑をかけてはダメだと考えるようになっていた。考え抜いた末に『参観灯台めぐりは中止にしましょう』と、お姉さんにメールを送ると……お姉さんからの返信メールは怒りに満ちた内容だった。

『あのメールって、今でも信じられないくらい怖かったな。最終的にはお姉さんのやさしさを感じることができたけれど、やっぱりモヤモヤした気持ちは晴れていなかったのかも……』

そして、いよいよ最後の旅……イケちゃんは途中から感傷的になっていた。完全制覇をしたその先には何があるのかと思い悩み、心の底から楽しめていなかった気がする。参観灯台の完全制覇を成《な》し遂《と》げた後で、お姉さんの家で話を蒸し返してしまったこと……あれは自分でも情けなかったと思う。
『お姉さんの寝言からの勘違い……今では笑い話だけど、いつかはお互いに結婚するかもしれない。そうなったら一緒に旅をするなんてできるのだろうか……』

日本にある全部の参観灯台訪問を完結した夜に、自分の思いを爆発させてから数ヶ月が経過しているが、あれで燃え尽きたという気はない。お姉さんと今後の灯台めぐりについて語り合ったこともハッキリ覚えている。お互いの存在感の大きさに改めて気づかされたので、次のステップである第二章へ進みたい。次に目指す灯台や有名観光地がどこなのか……自分一人では決められないけど、お姉さんと再会した時のために候補を考えておこうと思い始めた。

まずは春先に訪れたい四国の灯台。室戸《むろと》岬灯台と足摺《あしずり》岬灯台と佐田《さだ》岬灯台が有力候補なのは間違いない。

そして初夏に訪れたいのは北海道の各地にある灯台。宗谷《そうや》岬灯台と納沙布《のさっぷ》岬灯台と襟裳《えりも》岬灯台などが、北海道を代表する灯台と言えそうだ。知床《しれとこ》岬灯台については陸路での接近は禁止されているため対象外となる。広い北海道には他にも魅力的な灯台がいくつもある。稚内《わっかない》灯台や能取《のとろ》岬灯台や神威《かむい》岬灯台、そしてチキウ岬灯台などがある。何回かに分けて旅行しないと、訪問しきれないかもしれないとイケちゃんは思っている。

四国や北海道以外のエリアはどうだろうかと考えた。灯台といえば半島の先端にある。つまり、◯◯半島で北からチェックしてみると、津軽《つがる》半島には龍飛埼《たっぴさき》灯台。能登《のと》半島には禄剛埼《ろっこうさき》灯台。島根半島には美保関《みほのせき》灯台。大隅《おおすみ》半島には佐多《さた》岬灯台……しかし佐多岬は展望所から見るだけで接近はできない。渥美《あつみ》半島には伊良湖《いらご》岬灯台。伊豆《いず》半島には石廊埼《いろうさき》灯台がある。さらに、瀬戸内海の離島の中にも貴重な灯台があるらしい。

ネット検索で地図や写真を見ていると、今すぐにでも行きたいという衝動《しょうどう》がわいてくる。自分たちの灯台めぐりは有名観光地とセットにすること……それを改めて意識すると、灯台以外にも訪問したい場所が山ほどある。これ以上は頭の中が爆発しそうだと感じて、気分転換しようと買い物に出かけることとした。

◇

イケちゃんは、普段と変わらない日々を送っていた。そんなある日のこと、高校時代の友人から電話があり、同窓会があると聞かされた。

「ねえ、同窓会とクラス会ってどう違うのよ？」

イケちゃんの問いかけに、友人の田中杏子《きょうこ》がめんどくさそうにこたえる。

「あのね、クラス会は同じクラスの人同士の集まり。同窓会は同じ学年の卒業生の集まり。クラス会じゃ人が集まらないからって言ってたよ」

「誰が言ってたの？」

「隣のクラスだった菊池さんよ。彼女は幹事《かんじ》の一人らしいわ」

「招待状みたいな案内は届いていないわよ」

「卒業して10年だから、電話連絡が可能だった人だけ呼ぶらしいの」

「変なやり方ね。私のところには杏子からしか連絡がきていないよ」

「クラスの代表が何人か集まってさ、連絡網みたいな感じで作ったらしいの」

「じゃあ、私から次の人に連絡するってことなの？」

「それでね、ちょっと確認したいんだけどさ……今から言う名前で電話番号を知っている人がいたら教えてくれないかな」

「いいよ。誰かな……」

「ナガヤマさん、タカギさん、フナダさん、オオヅチ君……以上よ。どうかな？」

「タカギさん……タマちゃんだけしかわからないよ」

「そうか、じゃあさ、同窓会の日時を言うからメモして」

「はい、いいよ。いつなの？」

「来月の第2日曜日の午後3時から……高校の体育館ね。去年改築して綺麗《きれい》になったらしいよ」

「えっ、学校の体育館でやるの？……よく許可が取れたね」

「幹事の中にさ、母校の教員になったヤツがいるんだってさ」

「なるほどね。ねえ、出席とか欠席の連絡ってどうするの？」

「いらないみたいよ。会費は１０００円だって。立食パーティーみたいな感じらしい」

「つまり、気が向いたら来てよってことか……すごくアバウトなのね」

「ナギはタマちゃんにだけ連絡してちょうだい。日時と会費だけ伝えてね。自由参加だから気楽に来てねって言って……じゃあ、よろしく！」

「うん、わかった。私はなるべく参加するわ。じゃあね」


通話を終えたイケちゃんがタマちゃんに連絡すると、すぐに本人が出た。

「あら、ナギちゃん！　久しぶりじゃない。どうした、元気してる？」

成人式以来なので久々には違いないが、彼女のテンションの高さに戸惑《とまど》いながら話し出す。

「うん、元気だよ。あのね、同窓会の連絡なの」

「同窓会？　成人式の後でクラス会をやるって言ってたけど、結局やってないよね」

「やってないと思う。それでね、今回は３クラスが合同の同窓会なんだって」

「ふ～ん、いつやるの？」

「メモしてくれる？」

「はい、どうぞ」

「来月の第２日曜日の午後３時にね、去年改築した高校の体育館に集合みたいよ。立食パーティーみたいな感じだから会費は１０００円だってさ。私には杏子が連絡くれたの」

「えっ、杏子が幹事なの？」

「違うよ。これって連絡網らしいの」

「じゃあ、私からも誰かに電話するの？」

「タマちゃんはしなくていいみたい。私も電話したのはタマちゃんだけだよ」

「変な連絡網ね。何人くらい来るのかしら……」

「出欠を取らないから当日までわからないと思う」

「不思議な同窓会だこと……ナギちゃんは行く？」

「卒業して10年だよね。どうしようかな……タマちゃんは？」

「同窓会でカレシでも見つけようか？」

「本気で言ってるの？」

「ナギちゃん独身だよね。カレシはいるの？」

「今はいないよ」

「ナギちゃんが行くなら私も行く！」

「そうなの、どうしようかな……行く気になったら連絡するよ」

「わかった。じゃあ、またね」


通話が終わると、イケちゃんはどっと疲れた。タマちゃんが言っていたことの半分は冗談かもしれないけど、もう半分はかなり本気だったと思う。

『同窓会でカレシを見つけるか……』

定番のシチュエーションだが、20代の終わりが近づいているので遊び感覚というわけにもいかない。将来を考えた真剣モードでやってくる人も多そうだ。

同窓会では、自分の近況をあれこれと聞かれるかもしれない。それを話すのが面倒な気がしているけど、それ以外にも参加者の半分くらいは既婚者《きこん》だったりして会話が合わないかもしれない。ネガティブなことばかりが頭の中をかけめぐり、とりあえず同窓会の件は保留《ほりゅう》と決めた。

◇

イケちゃんが同窓会のことで思案していた頃、高山市在住のお姉さんも悩み中だった。中学校時代の親友から合コンの誘いがあり、出席しようか断《ことわ》ろうか決めかねていたのだ。合コンなんて専門学校に通っていた頃に数回参加したけれど、特に出会いはなかった。でも、来年には30歳に突入すると思うとチャンスを逃したくないという気持ちもある。

親戚《しんせき》や知り合いからの見合い話なら、事前に写真やプロフィールを確認できる。でも合コンは現地に行くまではすべて未知数……イケちゃんとの旅行先を決めた時のようにサイコロを振って決めようか……仕事中も頭の中がグチャグチャして落ち着かない。

「渚ちゃん、どうした、何かあったか？」

伯父《おじ》さんから聞かれても、伯父さんにアドバイスを求めるわけにもいかない。

「うん、なんでもないよ。大丈夫」

仕事が終わり自宅に帰ってからも、ベッドに寝転んで天井を見つめながら思案する。普通の飲み会のノリで参加すればいいと思いながらも、結婚に焦《あせ》っていると思われそうだという考えが行ったり来たりしている。もしかしたら自分の将来に大きく影響するような合コンになるかも……不安と期待の妄想《もうそう》が止まらない。

『イケちゃんに電話して相談してみようか……』

しかし、すっかりお姉さんという立ち位置の自分が妹分の助言にすがるのはいかがなものかと……結局は無意識のまま手にしていたサイコロを振ることに決めた。奇数が出たら不参加で、偶数が出たら参加と決めてサイコロを振る。サイコロの目は4だった。なんだか不吉だと思いながらも合コン参加が決定した。

◇

来月になって、イケちゃんの同窓会の日となった。タマちゃんと高校の近くで待ち合わせをしてから、一緒に母校の正門に入った。正門から新しい体育館が見えたので近づくと、受付をしている所で杏子が手を振っている。

「ナギ、来てくれたんだ。タカギさんも一緒ね」

「うん。なんとなく来ちゃった！」

イケちゃんが照れたような表情をしていると……。

「私たち、カレシを見つけに来ました！」

タマちゃんが、とんでもないことを言い出したのでイケちゃんは焦った。

「えっ、ホントに？」

杏子が目を丸くしている。

「冗談に決まってるじゃないの……杏子、本気にしないでよ。あっ、ちょっとタマちゃん。恥ずかしいからやめてよね」

「ナギちゃん、ズルイよ。あなただってさ、その気があるから素敵なお洋服を着てきたんでしょ。せっかくオシャレしてきたのよ……素直になって」

タマちゃんの言葉を聞いて、杏子がイケちゃんに小声でささやく。

「あのね、幹事の中にさ、ナギに会いたがっている人がいるらしいよ」

「何言ってるの、ウソでしょ？」

イケちゃんは真顔になって驚いている。

「あら、ナギちゃん、良かったじゃない。これはチャンスかもよ」

聞き耳を立てていたタマちゃんからのリアル発言に、イケちゃんの頬は少しだけ紅潮《こうちょう》している。

体育館の中に入ると、特設のテーブルが並べられていた。すでに30人くらいが集まっていて歓談《かんだん》中の様子。イケちゃんたちは、ドリンクコーナーでソフトドリンクを手にした。

定刻の午後3時になる頃には、50人以上も参加者が集まっていた。マイクスタンドの前に幹事が立ち同窓会の開始を告げると、大きな拍手が起こった。

「みなさん、こんにちは。今回の同窓会を計画した3年B組の長谷部《はせべ》です。今日は参加してくれてアリガトウ！」

一部のテーブルだけ異常にテンションが高く、変なヤジを飛ばしている。おそらくB組の人たちだとイケちゃんたちは思った。幹事の長谷部が再び話し出す。

「今日の同窓会は来賓《らいひん》……つまり先生たちは呼んでいません。ですから卒業生だけです。それから余計な会費を徴収《ちょうしゅう》しないため、ビンゴ大会のようなイベントもありません。その代わりに、抽選で当たった人はマイクスタンドの前に立って約1分間の近況報告をしてもらいます。受付でもらった番号札を確認してください。10分おきに抽選をします。番号を呼ばれた人はよろしくお願いします。では、最初の抽選会をやります！」

幹事が箱の中から三角くじのような紙を取り出し、中を確認して読み上げた。

「17番です。17番の方、マイクスタンドの前に立ってください！」

「俺だ！　オレですよ」

そう言って、3年B組だった稲葉がマイクスタンドの前に立った。

「みんな、お久しぶり。生徒会長だった稲葉です。高校を卒業して10年……現在は二人の子を持つ父親です。子育ては大変です。ウチの奥さんは、もっと大変だと思います」

すると、さっきの騒がしかったテーブルから声がかかる。

「大変だとわかっているなら、私をもっと大切にしなさい！」

参加者たちが一斉にヤジを飛ばした女性を見る。すると稲葉がマイクに向かって言う。

「あの人が俺の奥さんです。皆さんの同級生だった3年B組の牧田さんです！」

会場の一部では盛り上がっているが、A組だったイケちゃんたちは特に関心がない。


「あのさ、生徒会長だった稲葉君って、今でもですます調の話し方は健在ね」

杏子の言葉を聞いて、タマちゃんが言う。

「稲葉君って、あんな調子でプロポーズしたのかしらね？」

イケちゃんは頭の中で想像してみるがイメージがわかない。

「ねえ、牧田さんってどんな人だったっけ？」

「ナギちゃんは覚えていないの？　演劇部の副部長よ。文化祭の時に自分を主役にしたシンデレラをやってたじゃない」

「ああ、あの人ね。なんとなく思い出したわ。自己主張の強いシンデレラだった」

タマちゃんから聞かされて当時の感想を言うと、すぐに杏子から追加情報があった。

「当時のウワサでは、あのシンデレラを見て稲葉君が一目惚《ひとめぼ》れしたらしいよ」

イケちゃんたちがおしゃべりをしていると、いつの間にか稲葉の近況報告が終わっていた。

しばらく雑談をしていると、何人かが抽選に当たって1分間スピーチをしている。

「あの抽選に当たったら近況報告をするのよね。とりあえずさ……何をしているのか聞かせてよ」

杏子がイケちゃんに向かって言うと、すぐに言い返す。

「杏子が先に話してよ。私はその次ね」

「アタシは平凡だよ。東京の大学を卒業して、公務員試験を受けて、地元に戻って市役所勤務一筋です。以上、終わり」

「えっ、もう終わり……近況報告は？」

「市役所内でサークルをつくって、定期的に山登りをしている山ガールよ」

「まあ、素敵。楽しそうね」

タマちゃんがイケちゃんの代わりに相槌《あいづち》を打つ。

「はい、次はナギだよ。仕事は何だっけ？」

「今は松本バスターミナルの横にあるブースで、観光や交通の案内をしているよ」

「へえ、制服とか着てるんだ……見てみたいな」

タマちゃんからのツッコミにこたえようとした時、次の抽選会が始まった。

「抽選会を始めます。えっと、次は33番の人ですよ。前に出てきてください！」

しかし誰も返事をしない。

「ねえ、私が34番だからナギちゃんじゃないの?」

タマちゃんに言われてイケちゃんが反応する。自分の番号札を確認してから、慌てて前へと移動した。幹事の長谷部に促《うなが》されてマイクの前に立つ。

「みなさん、こんにちは。3年A組の池江渚です。今は松本バスターミナルにある交通案内所で観光案内の仕事をしています。最近の趣味は灯台めぐりです」

イケちゃんがひと息つくと、誰かが手を挙げて何かを言っている。どうやら質問みたいだ。

「私に質問ですか? 何でしょうか?」

「灯台めぐりって何ですか?」

3年C組だった男性が言った。

「ハイ。参観灯台という……のぼれる灯台が全国に16ヶ所あります。私は全部を訪問しました」

「誰と行ったんですか?」

今度は3年B組だった別の男性から質問が出た。

「ネットで知り合った年上の女性です。私と同じ名前の渚さんです」

イケちゃんの返答を聞いて体育館内が少々ざわつく。すると、また誰かが手を挙げた。

幹事の長谷部が合図を送ると、手を挙げた男性が大きな声で言った。

「池江さん、僕が誰だかわかりますか?」

突然の問いかけにイケちゃんは戸惑いながらこたえる。

「すみません。すぐには思い出せません」

「僕は3年C組の松原です。今日は池江さんに会いたくて参加しました！」

体育館内は先ほどよりもざわついている。幹事の長谷部がマイクに向かって言う。

「おい、松原！　お前も幹事だろ。池江さんが困っているぞ……なんとかしろよ」

イケちゃんは恥ずかしさのあまり、マイクの前から立ち去り杏子たちの所に戻った。


「すごいじゃん。ナギはモテモテね」

「ナギちゃんは人気者だったのね」

二人はノンキなことを言っているけれど、イケちゃんは恥ずかしくてプチパニックだ。

「杏子が言ってたのって……あの人なの？」

「アンタ、ホントに覚えていないのね。高校時代にナギに告《こく》った人だよ！」

杏子に言われて高校2年の時に告白されたことを思い出したが、相手の名前なんて覚えていなかった。その後も何人かがスピーチをして、夕方5時になった。

「みなさん、もうすぐ体育館での同窓会は終了です。2次会に行く人は各自ご自由にどうぞ。幹事の人たちは忘れ物チェックとゴミの片づけをお願いします。以上！」

イケちゃんたちは、女性たちが集まって記念撮影をしているので加わる。そこに幹事の松原が近づいてきて言った。

「池江さん、2次会に行きましょう！」

場所は変わって富山駅付近の飲食店の中。お姉さんは親友である麻衣の同僚らと共に席に座り、4対4の合コンがスタートした。男性陣の自己紹介から女性陣の自己紹介となり、最後にお姉さんの順番になった。

「白石渚です。高山市在住で、今日は麻衣に誘われて来ました。よろしくお願いします」

しばらく雑談が続き、麻衣がトイレに行くタイミングでお姉さんもトイレへ行く。

「ねえ、男性が全員年下ってどういうチョイスなの？」

お姉さんは麻衣に向かって文句を言う。

「オッサンばっかりだったらもっと文句を言うくせに……贅沢なこと言わないで！」

「私は数合わせで来たんだからね。途中で帰るから……」

「そんなこと言って良いのかしら。もっと素直になりなさいよ」

「やっぱり合コンとかに来るような人ってさ、なんとなく軽薄そうで……」

「アタシたちは来年いくつになるかわかってるよね。元気な年下の何が問題なのよ！」

麻衣から指摘されて、お姉さんは冷静さを取り戻した。

「あのさ、麻衣は気に入った人っているの？」

「まあね、アタシの真向かいに座っている西原《にしはら》さんかな」

◇

「ふ〜ん。ああいう人が好みなんだ」

「アンタはどうなの？」

「右端の人ってさ、スポーツマンタイプよね。まああって感じかな」

「なんだ、ちゃんとチェックしてるじゃない。お互いに頑張りましょうね」

麻衣は気合いが入っているようだが、お姉さんは自分からアプローチなんてできそうもないと思っている。席に戻ると、男性陣の提案で席替えとなる。麻衣は積極的に動き、自分のお気に入りの男性の隣に座っている。お姉さんが少々気後れしていると、スポーツマンタイプの男性から声をかけられて横に座ることになった。


「白石さんでしたよね。俺みたいな年下ってダメですか？」

突然の質問に対して、平静を装《よそお》って無難な返答をする。

「そんなことはないです。精神的に大人であれば問題ありません」

「じゃあ、いろいろと質問しても良いですか？　あなたに興味があるので……」

「えっ、私にですか？」

「はい。他の女性にはまったく興味がないんです。席に座った時から、あなたと話がしたかった」

「まあ、お上手ですね。本気にしちゃいますよ」

「実はね、俺は同僚から頼まれて数合わせのつもりで来たんです。だけど、今は来て良かったと本気で思っています」

お姉さんは男性の話し方を聞いて、少しずつ気持ちが傾きかけているのを感じていた。

「お仕事は何をされているのですか？」

問いかけられたが、ずっと緊張していたので彼の名前を覚えていない。仲間内でトシ、、と呼ばれているみたいだがフルネームがわからない。黙っていると変な女と思われそうなので、とりあえずこたえた。

「親戚が経営するおみやげ店で働いています。高山の古い町並みの所ですが……ご存じですか？」

「テレビとかで見たことがあるけど、行ったことはないですね」

「あなたのお仕事を聞いてもよろしいですか？」

「あれっ、俺の名前って忘れちゃいました？　津田俊彦《つだとしひこ》と申します。仕事は父の会社を手伝っています。スポーツジムなんですけどね」

「それじゃ、お休みの日とかは平日なのかしら？」

「そうですね。比較的平日の休みが多いかも……白石さんはどうですか？」

「観光地にある店なので、土日の仕事が多いですね。親戚の店だから融通《ゆうずう》はききますけど……事務仕事もあるので、特に決まった休みはないです」

「お休みが取れた時って、どうされているんですか？」

「特に何もしていなかったんですけど、3年くらい前から新しい趣味ができました」

お姉さんは、いつの間にか滑《なめ》らかな口調《くちょう》になっている。

「どんな趣味か聞かせてくれませんか？」

どんな趣味ですかではなく、聞かせてくれませんかという問いかけに、お姉さんは心地よい気分になり会話が楽しくなってきた。

「ちょっと変わった趣味ですよ。灯台めぐりです」

「何だか高尚《こうしょう》な趣味って感じがしますね」

「津田さんは、参観灯台ってご存じですか？」

「サンカントウダイ？　いいえ、聞いたことがありません」


会話に夢中になっていたお姉さんは、麻衣から何度か声をかけられて振り向く。

「あのさ、お話中のところごめんね。私たちさ、次の店に移るから、お二人はこのままどうぞ。支払いは済んでるから……じゃあね」

「ちょっと待ってよ。そんなこと言われても……」

お姉さんが立ち上がろうとすると、引き止めようとして津田がお姉さんの手首をつかんだ。お姉さんは一瞬驚いたが、津田のほうを見るとやさしそうな笑顔をしている。

『もしかしたら麻衣が仕組んだのかしら……』

そう思ったりしたが、フィーリングが合いそうな人なので成り行きに任せようと思った。

「津田さんはいいんですか？」

「俺は白石さんと話がしたいので、このほうが好都合ですよ」

「じゃあ、ワインを飲みましょう！」

◇

イケちゃんは、杏子とタマちゃんと一緒に2次会の店に到着した。幹事の松原が手配した店のようだが、ハッキリ言って狭い。すでに10人くらいがいるけれど、空《あ》いている席は見当たらない。

「ねえ、座る所がないよ！」

杏子が松原に向かって文句を言った。

「大丈夫、奥に確保してありますから……さあ、みなさん奥へどうぞ」

店の奥へ進むと松原がカーテンを開ける。そこにはソファとテーブルがあり、六人くらいがゆったりと座れそうだ。

「このソファ素敵だわ。私はここにしよっと！」

タマちゃんは大きいほうのソファの端にもたれかかる。

「私もそこがいい！」

杏子も大きいほうのソファに座ってくつろぎのポーズをしている。二人の様子を見て、イケちゃんは小さいほうのソファに腰を下ろした。すると、その隣に松原が座った。

「では、只今より2次会を始めましょう！」

テーブルの上にはお酒やジュースが置かれている。松原はシャンパンをグラスに注ぎ、彼女たちにグラスを渡してから話し出した。

「さあ、みなさん。乾杯をしましょう。再会を祝してカンパ〜イ！」

ハイテンションの松原とグラスを合わせると、イケちゃんはシャンパンを一気に飲んだ。

「ナギちゃん、いい飲みっぷりね」

タマちゃんが見たままを言うと、杏子がイケちゃんに向かって真顔で言う。

「早めに決着をつけたほうがいいわよ。松原君はマジみたいだから……変に期待を持たせると後が面倒だよ。その気がないならバシッとね。それから……」

杏子が最後まで言い終わらないうちに、松原がイケちゃんに向かって語りかけた。

「高校時代にフラれてしまいましたが、もう一度だけリベンジさせてください。まずは友達からお願いします！」

松原は用意していたと思われる言葉を言い切ると、右手を差し出して頭を下げている。イケちゃんは予想外の展開にビビっているが、テレビで見たことがある光景を目の前にして不思議な高揚感《こうようかん》に包まれていた。

リベンジとか友達というワードが、イケちゃんの思考回路に刺激を与えている。彼が差し出した手をつかむとどうなるの？……それはつまり付き合うってことなの？……友達って言ってたけど、彼女になるのが前提なの？……私はどうしたらいいのよ……という具合に何もせずに固まっている。

「ねえ、ナギ。どうするの……いつまで考えてるの？」

「ナギちゃん、深呼吸したら？」

タマちゃんに言われて、イケちゃんは大きく深呼吸をする。そして松原の手を握らずに言った。

「松原君って独身なの？」


イケちゃんの言葉を聞いた松原は、顔を上げて呆気《あっけ》にとられた表情をしている。

「ナギ、アンタ何を言ってるの？」

「ナギちゃん、変だよ、大丈夫？」

「あのう、僕は独身ですよ。結婚したこともありません！」

イケちゃんは、みんなの顔を見ながら話し出す。

「そう、独身なのね。つまり不倫《ふりん》相手とか愛人になれってことじゃないのね」

予想外のことを聞かされて、杏子たちも呆《あき》れ顔だ。

「ねえ、ナギちゃん。友達になってあげれば……」

「松原君はリベンジって言ってたから、実質的には交際したいってことだよ」

タマちゃんや杏子から言われっぱなしだが、イケちゃんとしては即答したくはないのだ。

松原は何か言いたそうだが、シャンパングラスをじっと見て何も言わない。重苦しい空気の中、イケちゃんがつぶやくように言った。

「10年以上も経っているのに……どうして私なの？」

その言葉を聞いて、松原よりも杏子とタマちゃんのほうが関心を示している。

◇

再び富山市内のお店……。ワインで乾杯をしてから二人は話の続きを始める。

「あのね、参観灯台っていうのは、のぼれる灯台のことよ。大きなレンズの下にある展望エリアから海を眺めるの……何もかもが最高なの！」

「それって、どこにあるんですか？」

「日本の津々浦々にあるわ。青森県から沖縄県まで16ヶ所よ。私は全部制覇したの！」

「キッカケは何だったんですか？」

「良い質問だわ。キッカケは海なし県同士の友達ができたからよ。私のブログを見てね、メールを送ってきてくれた女の子……今では、かわいい妹分なの！」

「なるほど、女子の二人旅ですか。楽しそうですね」

津田と二人だけになってから、お姉さんのテンションは上昇傾向である。

「津田さんのことも聞かせて……趣味は何かしら？」

「趣味ですか……そうだな、いろいろとありますけど、最近はお取り寄せですね」

「何ですかそれ？　もしかしてグルメ通販？」

「そうです。全国の食品や飲み物とかを取り寄せて、休みの日に味わっています。わざわざ遠くまで行かなくても手に入る……便利な時代ですよね」

「そうだけど、現地へ行って食べたり飲んだりするのは格別だと思うわよ」

「でも効率が良くないというか、コスパが悪いでしょ！」

「交通費や宿泊費を、お取り寄せに回したほうがお得ってことなの？」

「お金もそうですけど、重要なのは時間の節約ですよ」

「旅行はしないの？」

「大学生の頃は貧乏旅行とかしていたけど、今はまったくしませんね。旅行って疲れるから……休日はなるべく自宅でくつろぎたいですね」

津田の話を聞いて、お姉さんは「インドア派かよ！」と心の中でツッコミを入れた。

「あのう、スポーツジムのお仕事ってインストラクターですか？」

お姉さんが唐突に話題を変えた。

「以前はインストラクター専門だったけれど、今はマネージメントがメインになっていますね。トレーニングは趣味程度で続けていますけど……」

「変な質問してもいいかしら？」

「何でも聞いてください。そのほうが俺も聞きやすくなるんで……」

「津田さんは長男ですか？」

「いいえ。俺は三男坊で末っ子です。なんでしたら婿養子《むこようし》も可能ですよ」

「そうなんだ。私は兄が二人いて、長女だけど末っ子です。ちょっとだけ似ていますね」

「白石さん、婿養子ってワードをスルーしましたよね。結婚には興味なしですか？」

「えっ、そんなことはないですよ。ご縁があればって思っていますけど……」

「あれっ？　これってご縁には含まれないのかな」

「津田さんは結構ストレートなのね。たしかにご縁かもしれないけど……とりあえず、友達から始めませんか？」

「白石さんは慎重派《しんちょうは》みたいですね。いいですよ、これから猛《もう》アタックさせてもらいます」

「猛アタックって……なんだか昭和っぽいですよね」

「やっぱりそうかな……俺、おじいちゃん子だったから」

「良かったら今度、高山へ来てください。ご案内しますよ」

「それってデートですか？」

「さあ、どうでしょう……」

◇

2次会のテーブル席では女性たちが腕組みをしている。イケちゃんからの問いかけに、ようやく松原の口が開いた。

「どうして池江さんなのかという理由ですよね……その前に話しておかなくてはならないことがあります。実は1ヶ月くらい前ですが、松本バスターミナルを利用した時、偶然にも池江さんを見かけたんです。サービスカウンターにいる係員の人を見て『かわいいな！』って思ったんです。少し近づいてみると名札が読めて驚きました！　高校時代に憧れだった池江さんだと気づき、とても感情が高ぶったのです。お仕事中なので声をかけられず立ち去りましたが、どうしても話がしたくなり、3年B組だった長谷部に相談しました。その時に考えたのが同窓会の計画でした。池江さんとは同じクラスではなかったので、クラス会ではなくて同窓会にしようと決めたんです。つまり今回の同窓会は、僕が池江さんに会いたいという理由で開かれたんです！」

松原の説明を聞いてイケちゃんたちは唖然《あぜん》としている。杏子がイケちゃんの代わりに言った。

「抽選でナギが選ばれたのも、その時に松原君が大声で言ったのも、あれって全部が計画的だったってことなの？」

「はい。その通りです。この場所も池江さんと話をするために用意しました！」

「そうなの？　それじゃ、私と杏子さんはお邪魔ってことなのかしら……」

タマちゃんが変なことを言うと、ようやくイケちゃんがしゃべり出す。

「あのう、何て言えば良いのかな……リベンジってさ、本気なの？」

その言葉を聞いて、松原は真顔でハッキリとこたえた。

「今日、あなたに会えて確信しました。高校時代よりも今の池江さんが何倍も魅力的です。正直なところ、友達からなんて思っていません。すぐにでもカレシになりたいですが、まずはデートしてください。よろしくお願いします！」

今度は手を差し出す動作はせず、じっとイケちゃんを見つめている。

目の前の光景を見ながら、杏子とタマちゃんはシャンパンを飲んでいる。イケちゃんが返答しないので、杏子は思わずつぶやいてしまう。

「イケメンではないけど、背は高いしスタイルも良し。まあまあなんだけどね……」

すると、タマちゃんもつられてつぶやく。

「ナギちゃんに会いたくて頑張ったのね。愛されるって幸せよね……」

わざとらしい二人の言葉を聞いて、イケちゃんは追い詰められている気分だ。

「松原君。私のどこが一番好き？」

すると松原が即答する。

「池江さんの声です！」

松原の返答を聞いてイケちゃんは思った。

『さっき、かわいいって言ってたよね……』

だけど、容姿《ようし》ではなく声だと言われたことがとてもうれしかった。

「デートはどこへ行くの？」

松原の顔をしっかりと見ながらイケちゃんが言った。

「えっ、デート？　車と鉄道だったらどっちが良いですか？」

「ドライブがいいな。戸隠《とがくし》神社へ連れてってくれる？」

「はい。了解です！」


目の前でデートの約束が交わされた瞬間、杏子とタマちゃんが乾杯のポーズをした。

「ナギちゃん、良かったね。私もカレシ候補を探しに行くね」

そう言ってタマちゃんは他の席へ行ってしまった。

「私もさ、他の人たちの所へ行くね。お二人さん、ごゆっくり……」

杏子も行ってしまい、イケちゃんは松原と二人だけになった。

「渚さん、ドライブいつにします？」

今までは池江さんだったのに、二人だけになると渚さんになっている。臨機応変なのかわからないが、誠実そうな人だとイケちゃんは思っている。ほとんど初対面と変わらないので、デートの前にもっと聞き出してみようと決めた。

第 2 灯目

渚たちのファーストデート

第2灯目　渚たちのファーストデート

合コンをした日の翌日、お姉さんはイケちゃんに近況報告のメールを送信した。


イケちゃん、元気にしてる？

昨日なんだけど、中学時代の親友から誘われてね、合コンに参加しました！　相手の男性たちが全員年下なんでびっくりしたけど、私に興味があるって人がいてね、なんとなく良い感じになっちゃったのよ。イケちゃんの男性関係……何かあったら教えてほしいな。

少しだけ有頂天なお姉さんより

仕事から帰ってきたイケちゃんはメールをチェック。お姉さんからのメールを見る。

『ふ〜ん。お姉さんに恋の予感か……私も報告しようかな』

近況報告をしようと思うが、何をどう説明すべきかと悩む。高校時代に告ってきた男が、10年の時を経て、私を偶然見かけたことで感情がよみがえり、話がしたくなって同窓会を企画して、私の声を好きだと言ってくれた……文章にするのは難しいし恥ずかしい。だからメールではなく会って話がしたいと思った。せっかく会うのなら、どこかで灯台めぐりをしたいと考えた。


お姉さん、お久しぶりです。私は元気よ。

合コンですか……年下のカレシが見つかったみたいですね。まだ早いかもしれませんが、とりあえず「おめでとう！」と言わせてください。奇遇《きぐう》だけど、私にもちょっとした事件があったの。それは同窓会です。私を好きだと言ってくれる人と再会しました。

でも、メールでは書けません。良かったら、どこかで灯台めぐりをしながらの1泊旅行をしませんか？　候補はね、禄剛埼灯台と石廊埼灯台。それから、少し遠いけど美保関灯台。

こんな感じですが、どうかな？

お姉さん大好き！　の妹分より

メールを送信してから数分後、お姉さんから電話がかかってきた。

「こんばんは。メール読んだよ。今話せる？」

「あ〜い。大丈夫だよ。ねえ、どんな人なの？」

「いきなり何よ。あなたこそ良かったじゃないの」

「良かったのかな……彼が私に告ったのって高校2年の時なのよ」

「付き合っていたんでしょ？」

「違うよ。断《ことわ》ったの。今回はその時のリベンジだって……」

「あら、そうなの。それで、今回は何て返事したの？」

「だから会って話したいの。メールや電話じゃ無理！　それよりさ、お姉さんのほうは？」

「私だって同じよ。まだ頭の中が整理しきれていないの」

「灯台めぐりの件はどう？」

「それは賛成よ。そうね、私も会って話がしたいわ。候補の中ではどこに行きたいの？」

お互いの声を聞いているうちに楽しくなり、マシンガントークのような会話になっている。イケちゃんの説明が始まると、お姉さんはイケちゃんの話し声に耳を傾け始める。


「禄剛埼灯台は石川県の能登半島の最東端。石廊埼灯台は静岡県伊豆半島の最南端。美保関灯台は島根県の島根半島の最東端よ。全部が下車《げしゃ》する駅から路線バスでの移動です。禄剛埼灯台の場合は下車駅が穴水《あなみず》駅なんだけど、灯台までは最も遠くて運賃もかかる。石廊埼灯台は熱海駅から伊東線に乗り、伊豆急行線の伊豆急下田駅が下車駅になるの。美保関灯台は鳥取県の境線の終点の境港《さかいみなと》駅が下車駅です。出雲大社と対をなす美保神社がバスの終点付近にあるみたいよ」

イケちゃんは、意識的にゆったりとした口調で話していた。

「はい、とても丁寧な説明……いつもありがとう。候補と言っても、いつかは全部へ行くことになるのよね。今回は1泊って決めたから距離的に近い場所で良いんじゃないの」

「それだったら禄剛埼灯台ね。提案があるんだけどいいかな？」

お姉さんが軽くうなずく。

「アクセス方法の提案よ。高山からスタートしたとしてね、禄剛埼灯台までの経費は片道1人分が7200円くらいなの。所要時間も10時間は必要になる。帰りのバスを考えると鉄道やバスはやめて、お姉さんの車がベストだと思うけど……どうかな？」

「つまり2人分の往復交通費が3万円近くになるから、私の車で行ったほうが経済的かつ効率的という考えね……イケちゃんも運転してくれるなら良いよ」

「それはもちろんです！　私も運転するよ。そうだ、ちょっと待ってね」

イケちゃんは何かを検索している様子。

「ハイ、お待たせ。高山駅から禄剛埼灯台までは、距離が約250キロです。所要時間は約5時間半よ。他の観光スポットは七尾城跡《ななおじょうあと》や輪島《わじま》の朝市や棚田かな」

「相変わらず検索のスピードがすごいわね。でも……ちょっといいかな？　せっかく富山県や石川県へ行くなら、氷見《ひみ》ブランドの寒ブリを食べたいわ。他の産地のブリとは、まったく違うらしいわよ。あなたはどう思う？」

「えっ、寒ブリ？　たしかに海なし県人にとっては惹《ひ》かれるけれど……今は春だよね」

「だからさ、時期をずらせばいいじゃない」

イケちゃんのプレゼンではあるが、いつもと違ってお互いの意見がぶつかり合っている。

「寒ブリのシーズンに合わせて冬にすると、車でのアクセスって厳しくなるんじゃないかな。北陸だし、あのあたりって結構雪が降るらしいよ」

「う〜ん、それでも寒ブリ食べたいよ。食べたい、食べた〜い！」

だだっ子のようなことを言うので、イケちゃんはお姉さんに揺さぶりをかける。

「お姉さんにしては珍しく頑固ね。わがままとも言えるわ。もしかして、私との旅……行きたくなくなったんじゃない？」

「そんなことないわよ」

そう言った後で、お姉さんが何かブツブツ言っているみたいだが聞き取れない。

「本当は私となんかより、今のカレシさんと行きたいんでしょ？　いつの間にか心変わりして、灯台めぐりもやめたくなったのかしらね」

イケちゃんのトゲのある言い方に、お姉さんは強い口調で言い返す。

「だから違うって言ってるじゃない！　アンタは、相変わらずのわからず屋だね」

久しぶりの会話なのに空気が重くなり、ピリピリした緊張感がただよっていることが電話越しでもお互いに伝わっているようだ。

「二人で会って話したいって言ったばかりなのに……旅行を延期するなんてイヤだよ。そんなのお姉ちゃんらしくないよ！」

実の妹に責められている気分になり、お姉さんは苦笑いするしかない。

「イケちゃん。ねえ、聞いて……知り合ったばかりの彼は、お取り寄せが趣味らしいのよ。だから旅先から寒ブリを送ってあげたくなったの。もちろん、その前にイケちゃんと一緒にたらふく食べた後だけど……それだけの理由よ」

　イケちゃんが少し間をおいてから話し出す。

「ねえ、お姉さんの新しい彼って料理が得意なの？　旬の寒ブリなんて送っても大丈夫？」

「もしかして寒ブリを丸ごと送ると思ってるの？　そうじゃなくて、一緒にしゃぶしゃぶするのよ」

「それって、カレシさんの部屋とかで食事するってこと？」

「いいでしょ。今の段階では私の勝手な妄想だけどね。外食するよりラブラブだと思わない？」

　お姉さんが自慢しているように感じて、イケちゃんとしては面白くないが、うらやましくもある。

「しゃぶしゃぶデートか……。ごめんなさい。私、また勘違いしちゃったのね」

「いいのよ。私の言い方も悪かったわ」

　お姉さんのやさしい語りかけを聞いていると、イケちゃんは本当の姉妹になったような感慨が込み上げてきた。そして、久々にお姉ちゃんと言ってしまったことに気づいた。


「氷見ブランドには氷見うどんもあるよ。日本の三大うどん！　カレシさんにプレゼントするなら、今回はそれでもいいんじゃないの？」

「日本の三大うどんってさ、香川県の讃岐《さぬき》うどん、秋田県の稲庭《いなにわ》うどん、群馬県の水沢《みずさわ》うどんのことでしょ。これって諸説あるみたいだけど、富山県の氷見うどんと長崎県の五島《ごとう》うどんを合わせて、日本の五大うどんってことでどうかしら？」

「えっ、お姉さんスゴ過ぎ！　さすがは年の功ね」

「やめてよ、たった一つしか違わないでしょ！　それよりさ、ずい分と立ち直りが早いのね」

「立ち直り……そんなことよりプレゼントが主役じゃないのよ。旅の目的を間違えないで！」

「はい、はい。わかっていますとも。かわいい妹分の恋バナを聞くプロジェクトですわよね」

お姉さんは、声色《こわいろ》を変えながら半笑い状態でこたえた。


「それでさ、いつにする？」

「予約するのは宿泊施設だけだから、お姉さんの都合がいい日を決めてほしいな」

「大型連休が終わればいつでも休めるよ。5月10日前後にしようか……」

「3週間後か……わかった。そうしましょう！」

「宿泊施設はイケちゃんに任せるわ。あまり豪華な部屋はいらないからね」

「うん。ほどほどのランクにする。他の予定も考えておきます」

再び会話が活発になり、いつもの調子に戻っている。


「はい、お願いします。ところでさ、3週間もあると、お互いに何か進展があるかも」

「それって男性関係の話？」

「そう、男性関係よ。一度くらいデートするかもね」

「お姉さんはさ、もう約束とかしてるの？」

「高山に来てくれたら案内するって言っちゃった！」

「へえ、ノリノリじゃないの」

「話の流れで言っただけよ。イケちゃんはどうなの？」

「デートしようって言われた。だから戸隠神社へ行きたいって言っちゃった！」

「なんだ、そっちだってノリノリじゃないの」

「じゃあ、旅の計画表ができたら連絡するね」

「はい、よろしく。おやすみなさい」

「おやすみなさい」


通話が終わるとお姉さんは少しばかり驚きを感じている。自分は合コンで偶然の出会いがあった……そのタイミングで、まさかイケちゃんにも男性運が訪れたとは……今は自分のことで精一杯だけど、イケちゃんの出会いにも興味がある。イケちゃんに会える日まで、こっちも進展はあるのだろうか……しばらくは彼からの連絡を待つことにしようと決めた。

お姉さんからの電話で近況を聞くことができたけれど、イケちゃんは今さらながらデートの約束をしたのが良かったのかどうかわからなくなっていた。とりあえずデートしてみて、どんな人なのか見《み》極《きわ》めるしかなさそうだ。デートの場所は戸隠神社とリクエストしてあるので、それ以外のデートプランは彼に任せようと決めた。今のイケちゃんには、デートよりお姉さんとの1泊旅行が重要なのである。

◇

合コンをしてから1週間後、お姉さんに電話がかかってきた。

「こんばんは、津田です。今、よろしいでしょうか？」

お姉さんはデートの誘いだと思いつつ、平静を装った声で対応する。

「あっ、津田さん。先日はどうも……今ですか、大丈夫ですよ」

「今月末の木曜日ですが、高山へ行こうと思います。案内をお願いしたいというか、デートしていただけませんか？」

津田の口調が会って話した時とちょっと違う感じがしたので、少し意地悪な言い方をして反応を確かめてみることにした。

「案内をしてほしいのかしら……それともデートなのかしら……どっちなの？」

年齢は1歳差だけなのに、年上っぽい圧を感じさせる言い方だ。

「もちろんデートです！」

「鉄道で来るの？」

「車でも大丈夫ですか？」

「どっちでもいいですよ」

「デートの後で実家へ行くんで車にします」

「富山から来るんでしょ。実家ってどこなの？」

「長野県の松本市ですけど……」

「そうなんだ。何時頃に高山へ来るか決めてるの？」

「一緒にお昼ごはんを食べたいです。昼頃で良いですか？」

「何を食べるか決めてるの？」

「いえ、まだです。渚さんと会えることが決まってからと思っていました」

さっきから尋問《じんもん》のような会話が続いているが、お姉さんは会いに来てくれる彼の気持ちにこたえようという気になってきた。

「高山駅前に着く時刻がわかったら教えてね。迎えに行くから……」

「それじゃ、デートはオッケーってことですね！」

「うん。楽しみにしてるわ」

「はい。では、おやすみなさい」

「おやすみなさい」

通話を終えて、お姉さんはスマホを握ったままベッドに横たわった。

「楽しみにしてるわ」……なんて言ってしまったけど、時間が経つにつれてなんだか恥ずかしくなってきた。正直な気持ちだけど、彼はどう思ったのだろう……。

高校生の恋愛みたいに、お姉さんは当日の服はどれにしようかと思い始めている。美容室の予約もしようかと考えた。でも、お見合いをするわけじゃないと気づいて冷静になる。今は余計なことは考えないで、彼が運命の人になるのか……それだけを意識して行動しようと決めた。

◇

イケちゃんがデートをする日になった。さわやかな天気であり絶好のドライブ日和《びより》だ。松本駅付近で待ち合わせをして、松本インターチェンジから長野自動車道に入る。

「お昼ごはんは戸隠そばにしようね」

松原が考えたデートプランなどは聞かずに、イケちゃんは自分の要望を言ってみた。

「わかった。戸隠神社の中社《ちゅうしゃ》までは1時間半くらいかな」

「今日は奥社まで行きたいな」

再び自分の要望を伝える。

「わかった。トイレ休憩とかは早めに言ってね」

「車の酔い止め薬を飲んだから、途中で寝ちゃったらゴメンね」

「わかった。着いたら起こすよ」

二人の会話は微妙にズレてるけど、お互いに気にしていないようだ。

松原は運転に集中しているらしく、しばらく沈黙が続いている。

「ねえ、松原君。運転するのって久しぶりなの？」

「そんなことはないけど。この車は一番上の兄貴の車でさ、ちょっと運転しにくいかな」

「高級そうだけど渋い車だと思ったわ。自分の車は持ってないの？」

「通勤用の軽自動車ならあるよ。でもさ、せっかくのデートだから……」

松原なりの気遣いなのかと理解したが、まだ眠くならないので退屈だと感じる。

「ねえ、この前だけど仕事は公務員って言ってたよね。具体的には何かな？」

「あれっ、言ってなかったっけ。県立高校の教員だよ。保健体育だけどね」

「もしかしてウチの高校なの？」

「そうだよ。だから同窓会で体育館を貸してもらえたってわけさ」

二人の会話は、少しずつ盛り上がりかけている。

「納得しました。どうして教員になったの？」

「運動が好きだから……それが一番かな。あとは部活の顧問《こもん》をやりたいとか……」

「部活って何をやってたの？」

「僕のこと、本当に覚えていないんだね。陸上部……ハイジャンプ」

「ゴメンね。全然覚えていないわ。ねえ、私が高校3年の時……何部だったか知ってる？」

「知ってます。帰宅部だよね」

「つまんないの。間違えると思ったのに……」

「あれっ、間違えたほうが正解なの？」

「違うの。私にフラれた後も松原君は本当に私のことを見ていたんだなって……」

「でも、ストーカーにはならなかったよ。迷惑かけちゃダメだと思ったからね」

「ふ～ん。今さらなんだけど、私がフリーじゃなかったらって考えなかったの？」

「そんなことを考える余裕なんてなかった。とにかく会って話がしてみたい……そのことだけで頭の中がイッパイだったよ」


松原の言葉にウソはないと思いながらも、イケちゃんはまだまだ探《さぐ》りを入れようとした。

「松原君の趣味って何？」

「渚さんは灯台めぐりだよね。実はさ、僕はお城めぐりなんだ」

「えっ、そうなの。私も何ヶ所か行ったことあるよ」

「どこの城かな？」

「3年くらい前に、名古屋城と犬山城へ行ったよ。その前に高山城へも行った」

「高山城か……かなりマイナーな城跡だけど、何かキッカケでもあったの？」

松原のテンションが上がると同時に、会話がさらに盛り上がりそうな気配だ。

「一緒に灯台めぐりをしたお姉さんがね、高山市に住んでいるからよ」

「たしか、その女性の名前も渚さんだったっけ……」

「1回しか言ってないのに……よく覚えているのね」

「記憶力は良いかも。ところでさ、他にも行った城はある？」

「私の灯台めぐりってね、有名観光地と合わせての旅なのよ。地元の松本城以外は、電車や路線バスから見た程度かな。そうだ、今度さ、七尾城へ行く予定があるの。松原君は行ったことある？」

「七尾城か……行ったことはないな。写真では見たことがあるよ。でもどうして？」

「えっ、どうして七尾城かってこと？　それはね、お姉さんと一緒の灯台めぐりを再開するからよ」

「次はどこの灯台へ行くの？」

「能登半島の東端にある禄剛埼灯台よ。聞いたことある？」

「ゴメン、全然知らない」

「別に謝ることなんてないわ。ねえ、参考までに教えて……オススメのお城はどこかな？」

　イケちゃんからの問いかけに、松原は前方を見つめたまま考え中。数分が経過したが、松原は言葉を発しない。オススメの城を真剣に考えていると思い、イケちゃんは松原がしゃべるのを待った。


　その後も沈黙が続いたが、ウインカーが点滅してサービスエリアに入った。

「ゴメン、トイレへ行ってくる。渚さんはどうする？」

「私も行きます」

　二人は車を降りてトイレへ向かう。トイレが済んで外へ行くと、松原の姿が見当たらない。どうしたのかと思いながらも、イケちゃんはスマホで戸隠そばのチェックをした。

「お待たせ。遅くなってゴメン」

松原の様子を見て、お腹の調子が良くないから黙っていたのだと気づいた。

「気にしないで。それより大丈夫なの？」

「朝から緊張しすぎていたみたい。でも、もう大丈夫」

ドリンクを買って車に戻りドライブを続ける。

◇

お昼すぎに戸隠神社の中社に到着して参拝をした。そば処《どころ》に入店して注文を済ませると、イケちゃんから話しかける。

「今日は天気が良いから奥社まで行きたいけど、松原君は大丈夫かな……」

「うん、大丈夫。蕎麦《そば》を食べてエネルギー補給すれば問題なし！」

「もしかしてさ、緊張しすぎて朝ごはん食べてこなかったの？」

「ゴメン。実はそうなんだ。だから途中で調子が悪くなっちゃった」

「ねえ、松原君。口癖《くちぐせ》なのかもしれないけど、『ゴメン』の連発はやめてほしいな……」

松原は「ゴメン」と言いかけてこらえる。

蕎麦を食べ終わると松原は元気になったらしく、表情が明るくなった。

「渚さん、では奥社へ参りましょう！」

「レッツゴー！」

車が走り出すと松原が言った。

「さっきの質問だけど、オススメの城は特にない……というか、まだわからないんだ」

「どういうこと？」

「日本100名城って知ってる？」

「うん。調べたことがあるから知ってるよ」

「まだ半分もクリアしていないからさ、本当のオススメが言えないんだよ」

「松原君って真面目《まじめ》なんだね。適当には言えない性格だと疲れたりしないの？」

「相手によって使い分けているつもりだよ」

松原の返答を聞いて、彼が器用なのか不器用なのかというよりも……自分が彼にとって特別な存在なのだと言われている気がした。


あっという間に、奥社へ向かう入り口の駐車場に到着した。

「さあ、ここからは徒歩ですよ。準備は良いですか？」

「はい、オッケーよ。松原君は大丈夫？」

「コンディションはバッチリだよ！」

なだらかな下り坂を進むと大きな鳥居が見える……奥社へのスタート地点だ。冬の時期は、ここで参拝して終了となるらしい。

「子供の頃にね、ここまでは来たことがあるの。雪が積もっていたから奥社へは行けなかった。松原君は行ったことある？」

「戸隠神社に来たのは今回が初めてだよ」

「そうなんだ……じゃあ、良い思い出になりそうね」

イケちゃんの言葉を聞いた松原は、良い思い出ってどういう意味だろうと考えた。


ひたすら真っ直ぐ歩いて随神門《ずいしんもん》にたどり着く。

「半分くらい来たのかな？」

「この先はのぼりになるみたいだから、まだまだ先みたいだね」

樹齢《じゅれい》が４００年を超える杉並木は、贅沢な森林浴であり気持ちが落ち着く。小さい鳥居の先はデコボコした道になっている。階段状の道も不規則になっていて歩きづらそうだ。まだ少し雪が残っているので注意して進む。黙々と歩き続けると、ようやく奥社が見えてきた。


奥社と九頭龍《くずりゅう》社で参拝をすると、一気に達成感が込み上げてきた。

「渚さん、深呼吸しようよ」

松原に言われて一緒に深呼吸をすると、気分がスッキリして笑顔になる。

「ねえ、聞いてもいいかな？　松原君は何をお願いしたの？」

「いいけど……聞かなくてもわかるだろ」

「わかんない！」

「渚さんは何をお願いしたの？」

「灯台めぐりをするようになってね、最初に訪れた神社では必ず安全を祈願するようにしているの。だから今日は、松原君との一日が楽しく過ごせるように……そうお願いした」

イケちゃんの言葉を聞いて、松原は照れているみたいだ。

「僕はストレートにお願いした。渚さんのカレシになれますようにってね」

イケちゃんは松原の顔を見ながら話し出す。

「今日はありがとね。念願だった奥社に来られてうれしかったよ。松原君のお願い事だけど……叶《かな》うといいね！」

言いたいことを言うと、イケちゃんは石段に向かって歩き出す。松原は彼女の後ろ姿を見ながら、ほんの少し涙が出ているのを感じた。これがうれし涙なのかわからないが、焦らずにじっくりと頑張ることに決めた。


随神門に戻る途中で、さっきの会話の続きになった。

「渚さんのオススメの灯台ってあるの？」

「聞きたいの？」

小悪魔的な返しに対して、松原は面白いことを言い出す。

「教えてくれないと、車を運転できません！」

「子供かよ！」と内心ではツッコミを入れたけど、イケちゃんは松原との距離感が確実に縮まっていると感じていた。

「しょうがないな……じゃあ教えてあげる。行った所、全部だよ！」

「それじゃダメ。特にオススメな灯台を教えてよ」

『聞いてどうするのよ』……そう言ったら可哀想《かわいそう》かなと思いながら、イケちゃんは大きな声で言う。

「沖縄県の残波《ざんぱ》岬灯台！」

「どうして？　どんなふうにオススメなの？」

このパターンの会話は、今までだったらめんどくさいと感じていたが、今はすごく楽しい。

「灯台めぐりが病《や》みつきになるキッカケになった灯台なんだけど……海の色がダークブルーでね……大自然をカラダ全体で感じたの。風が強すぎて海の匂いはわからなかったけど景色は抜群だったよ。生まれて初めて見た生《なま》の大絶景よ！」

立ち止まって身振り手振りで表現するイケちゃんの姿を見て、松原は抱きしめたくなる衝動をこらえていた。車に戻ると午後4時を過ぎている。この後はどうするかという話題になったが、このまま松本方面へ戻ることになった。途中のサービスエリアで小休止して、午後6時半に渚駅前に到着した。

「渚さんのウチって渚駅が最寄り駅なんだね。面白過ぎでしょ」

「灯台めぐりで一緒のお姉さんも同じだよ」

「高山市にも渚駅ってあるんだ……奇遇だね」

「そう、奇遇なの。私と松原君が再会できたのと同じくらいにね」

「今日は楽しかった。またデートしたい」

「七尾城跡から帰ってきたら連絡します」

「それっていつなの？」

「半月後くらいかな。じゃあね」

そう言ってイケちゃんは車から降りた。

松原は名残惜《なごりお》しそうな顔をしていたが、片手を振って走り去っていく。車が見えなくなるまで見送って、イケちゃんは自宅に向かって歩き出した。


松原は自宅に戻ると、デートの余韻《よいん》に浸《ひた》っている。10年以上もかかったけれど、渚さんとの初デートを楽しむことができた。次のデートがあるのかハッキリはしていないが、今は今日のことを思い出しながら幸せな気分を噛《か》みしめたい。

しばらくしてから、彼女が言っていた奥社での言葉を思い出した。

『最初に訪れた神社では必ず安全を祈願するようにしている』

よく考えると、最初に参拝したのは中社である。だから安全祈願は済んでいる。つまり、奥社では安全祈願以外のことを願ったのかも。

初デートで舞い上がって、まったく気づかなかった。でも、もし気づいていたとしても本当のことなんて彼女は言わないだろう。

『次のデートでは手をつなぎたい！』と、松原は中学生のような妄想をしてニヤけていた。

◇

月末の木曜日のお昼前、お姉さんのスマホに着信音が鳴った。

「はい、白石です」

「こんにちは、津田です。今は飛騨古川駅《ひだふるかわ》あたりです。あと30分くらいで高山駅に着けそうです」

「わかりました。高山駅付近のコンビニの前で待っています」

「はい、了解しました」

「お気をつけて……」

「一応ですが、車の色とナンバーをお伝えしますね」

メモを取って通話が終わると、伯父さんに声をかける。

「友達と会うからさ、少ししたら出かけるね」

「わかった。気をつけてな」

「まだ行かないよ」

「デートか？」

「えっ、何言ってるの？」

「友達って男だろ。渚ちゃんの顔を見ていればわかるさ」

「高山に観光で来るって言ってたから……案内するだけよ」

「飛騨牛の店を予約しておくか？」

「今回は大丈夫よ。どこで食事するかまだ決めていないの」

「あいよ。みやげを買うならウチに連れてきてもいいぞ」

「気が向いたらそうする」


およそ20分後に店を出て高山駅前のコンビニへ向かう。コンビニの手前辺りで、車のクラクションが聞こえた。音がするほうを見ると、合コンで話をした彼が手を振っている。

「渚さん、こんにちは」

白石さんではなく渚さん……あまりにも自然なので、まったく違和感がない。

「どうも、こんにちは。とりあえず、駐車場に停めましょうか……」

「はい。渚さん、乗ってください」

お姉さんは車のドアを開けて助手席のシートに座る。有料駐車場に車を停めると、どこで食事をするかという話題になる。

「オススメの食事処ってあります？」

「特にないですけど、食べたい物があれば聞かせてください」

「高山ラーメンって有名ですよね。飛騨牛も名物ですよね。何にしようかな……」

お姉さんはシートベルトを外してスマホを手にする。

「両方とも食べられる店ってあるかな？」

「ちょっと聞いたことがないわ」

「それじゃあ、初デートなんで……飛騨牛にしましょう！」

「初デート？」

「男と女が約束して会えば、それは間違いなくデートです」

「はい、わかりました。今からお店の予約をするわ」


30分後の予約が済んで、古い町並みエリアへと歩き出す。

「平日でも観光客は結構いますね」

「お昼時だから……見てみたい所があったら言ってね」

造り酒屋の店に入り、津田は興味津々《きょうみしんしん》の様子で店内を見回している。

「お酒好きなの？」

「まあまあ好きかな。お取り寄せは食べ物がメインだけど、地酒《じざけ》っていいよね」

何軒か店を見ているうちに予約している時刻が近づいた。

「そろそろ飛騨牛のお店へ行きましょう」

お姉さんに促されて飛騨牛の名店に入店する。

注文した料理が置かれると、津田が「いただきます！」と言って食事が始まる。黙々と旨《うま》そうに食べる様子は『まるで高校生みたい』と、お姉さんは思っている。

食事中の会話はほとんどなかったが、お茶を飲み始めると津田がしゃべり出した。

「すみません。食事に夢中になっちゃって……育ち盛りの高校生みたいだったでしょ」

そう言って笑っている。

『なるほど、ちゃんと自覚しているのね』と、お姉さんは思った。

「この後はどうしましょうか？」

この後のことを聞かれて、イケちゃんの時と同じルートにしようかな……そう思い始めると、津田から問いかけてきた。

「あのう、飛騨の里ってどんな所ですか？」

「合掌《がっしょう》造《づく》りの民俗《みんぞく》村よ。体験施設もあるわ。とりあえずだけど……行けばホッとする場所ね」

「それ良いですね。そこへ行って渚さんとゆっくり話がしたいです」

ゆっくり話がしたいと言われ、お姉さんは少しだけ照れた顔になる。津田がトイレに行くと言って立ち上がる。数分後に戻ったので、お姉さんは立ち上がり財布を取り出す。すると津田がさり気なく言う。

「今日は俺が誘ったんで……もう会計は済んでいます」

お店を出ると、津田を見ながらお姉さんが言う。

「ご馳走《ちそう》さまでした」

自分よりも若い男性から奢《おご》ってもらったのは初めて……なんだか不思議な感じがする。

「どういたしまして……さあ、行きましょう！」

駐車場に戻り、3年前にイケちゃんと行った民俗村へ向かった。

民俗村に到着すると、お姉さんは津田を待たせて入場口へ行きチケットを買う。

「ここは私に払わせてくださいね」

そう言ってチケットを手渡した。

「ありがとう」

津田は、さわやかな笑顔でチケットを受け取った。しばらくは散策を楽しみながら会話をする。ドリンクを買ってベンチに腰かけた。

「いい眺めですね」

津田が遠くのほうを見つめながら言った。

「ホッとした気分になれましたか？」

お姉さんの問いかけに津田は即答しない。ドリンクを半分くらい飲んでからこたえる。

「こういう時間って大切ですよね。俺は茅葺《かやぶき》屋根の家を見ると、不思議と心が落ちつくみたいです。滅多に見られない景色を好きな人と一緒に見られたから、今日はとっても最高です！」

「あら、猛アタックが始まったのかしら」

「うれしいです。俺が言った言葉を覚えていてくれて……」

「実はね、津田さんにお願いがあるの」

「何ですか？」

「前に参観灯台の話をしたでしょ。覚えているかな？」

「たしか、のぼれる灯台の話ですよね。ネットで知り合ったかわいい妹分と一緒に旅をしたって話なら、とても印象に残っています」

「その妹分とね、灯台めぐりを再開することになったのよ」

「そうですか。とてもうれしそうですね」

「そうなの。参観灯台は全部クリアしたんだけど、日本には貴重な灯台が数多くあるのよ。だからね、彼女と一緒に行く灯台めぐりはこれからもずっと続くの……つまりね、それを理解してくれる人としかお付き合いできないの……」

自分の胸の内を吐き出すと、お姉さんはドリンクを飲んでひと息ついた。

津田はお姉さんが言った言葉の意味を考えていた。なんとなく意味はわかったが、灯台めぐりと自分の猛アタックの関連性がイマイチわからない。遠回しに交際を拒否しているのか……そういうわけでもなさそうなので、ハッキリさせるために考えたことを話し出す。

「俺が今から言うことが、見当違いだったら指摘してください……いいですね」

津田の態度が一変したので、お姉さんはチョット驚いたが、反射的にうなずいてしまった。

「渚さんは、妹分とのライフワーク化している旅……それは最優先事項なんですよね。つまり、デートは灯台めぐりに影響を及ぼさないタイミングにしてほしい。そしてそれは、将来結婚してからもずっと同じだってこと……大丈夫です。絶対にこのルールは守ります！」

言い終わった後も、津田が真剣な眼差《まなざ》しでこちらを見ているのでお姉さんも目がそらせない。

「あっ、ありがとう理解してくれて……最後のほうはチョット飛躍《ひやく》しすぎているけど、見当違いではないので問題ありません」

「それじゃ、正式にお付き合いしていただけるんですね」

お姉さんを見ながらストレートな言葉を発する津田を見て、ここで根負《こんま》けしてはいけないと思いお決まりのセリフを言ってみる。

「私のどこが気に入ったの……一つだけど私は年上なのよ。古い考え方かもしれないけどね」

彼女からの問いかけに対して、津田は何もこたえずに今度は遠くを眺めている。

まさか沈黙状態になるとは思っていなかったが、お姉さんも遠くのほうを眺めながら津田の返答を待った。5分が経ち、さらに5分が過ぎた。いつの間にか、二人のドリンクは空になっている。

「渚さん、俺……今、すごく感動しています。これが将来目指している姿なんですよ！」

「どういう意味かしら」

「こうやってね、二人で並んで素敵な景色を黙ったまま見ていられる関係です」

「10年先も30年先も、ずっとそういう関係でいたいってことかしら？」

「はい。死ぬまで続けられたらって思っています」

「それってさ、質問のこたえになっていないわよ」

「そうですよね。俺の勝手な願望です。うまく言えませんが、俺は渚さんの近くにいると幸せな気分になれるんです。好きですとか愛していますとか……簡単に言葉にできるようなことではない気がします」

「じゃあ私も本音を言うわね。もうすぐ私は30歳になるの。友人の半分くらいは結婚しているし、周囲の人からも『結婚しないのか？』っていう視線を感じるのよ。だけどね、私自身はまったく焦っていない……というのは建前《たてまえ》であって、良い人がいたら結婚したいと思っています。だからね、これからお付き合いする人とは結婚を前提にって考えちゃうのよ。それをプレッシャーみたいに感じる人とは、お付き合いできません」


お互いに気持ちを打ち明けて、なんとなくスッキリした顔をしている。

「初デートで渚さんの本音が聞けて良かったです」

「私も津田さんの将来像が聞けて良かったと思っています」

「今度の灯台めぐりはいつなのか聞いてもいいですか？」

「5月10日頃です。能登半島の東端にある禄剛埼灯台を訪問します」

「かわいい妹分と一緒なんですね」

「はい。だから津田さんとのデートは、5月の後半になるわね！」

「えっ、交際オッケーなんですね。ヤッター！」

津田が立ち上がってバンザイをしているので、やっぱり高校生のノリにしか見えないと思った。

「そんなにうれしいの……プレッシャーに感じたりしない？」

「プレッシャー？　そんなわけありませんよ。いつか必ずプロポーズします。その時は絶対に断らないでください」

「それってさ、すでにプロポーズしているのと同じでしょ」

「いいえ。俺はまだ渚さんに告白はしていません。告白の言葉がプロポーズです」

「変なの。ちなみにサプライズは好きじゃないから……普通にしてよね」

「渚さんも変ですよ。プロポーズのやり方をリクエストするなんて……」

二人はお互いの顔を見て、クスクスと笑っている。


「ねえ、何時に実家へ向かうの？」

「特に決めていないけど、渚さんともう少し一緒に歩きたいな」

そう言って、津田は左手でお姉さんの右手をつかむ。

「あらっ、これも猛アタックの一つかしら？」

「猛アタックはおしまいです。そのうちに猛チャージをかけるかも……」

津田の言葉を聞いて、お姉さんが手を離して言った。

「なんかエロい視線を感じるわ」

「気のせいでしょ。俺は自然体で接しますから……」

「ふ〜ん。じゃあ、私も自然体でいきますね」

そう言いながら、お姉さんは右手で津田の左手をつかんだ。


散策を満喫したので再び古い町並みへと戻る。地酒とみたらし団子を買ってから、お姉さんの職場でもある伯父さんの店に立ち寄る。

「ただいま！」

「おかえり。あれっ、お客さんかい？　それとも彼氏さんかい？」

お姉さんが返答する前に津田が名乗り出す。

「渚さんの親戚の方ですよね。津田と申します。新米《しんまい》彼氏ですが、よろしくお願いします」

「面白いね。気に入ったよ。奥でお茶でも飲んでいきな」

伯父さんのニコニコ顔を見ながら、お姉さんは津田を奥の部屋へと誘導した。座敷に上がると、冷蔵庫からお茶のペットボトルを取り出して、グラスに注いでから津田の前に置いた。

「いきなり新米彼氏なんて……ストレート過ぎますよ」

「ごめん。やさしそうな伯父さんだったから、つい調子に乗ってしまいました」

「ウチで何か買う？　気を遣わなくても良いけど……」

「猫の絵柄のおまんじゅう……アレ、かわいいよね！」

「従業員価格にしてもらうわね。それでいいかしら？」

「はい。お願いします」

◇

イケちゃんは、お姉さんとの1泊旅行の計画表を作成中だ。メインの目的地は禄剛埼灯台に決まっているが、輪島の朝市と白米千枚田《しろよねせんまいだ》以外は七尾城跡の訪問だけでいいのだろうか……。

2通りのパターンを考えた。初日は灯台へ直行して、翌日に朝市や棚田や城跡をめぐるパターン。

もう一つは、その逆パターンである。

どちらのパターンも、アルプスライナー最終便がネックになっている。2日目の夜はお姉さんのウチに泊まるのも良さそうだ。これについては相談が必要なのでメールにて状況を伝える。

お姉さんへ

今回のメインは禄剛埼灯台の訪問です。有名観光地は輪島の朝市と白米千枚田、それから七尾城跡に決めました。宿泊地は輪島の朝市に近いホテルを予定しています。

私はアルプスライナーの始発で高山濃飛《のうひ》バスセンターへ向かうので、そこから車に乗り禄剛埼灯台か七尾城跡を目指します。禄剛埼灯台に直行した場合、到着予定時刻が午後5時頃になってしまいます。その後は輪島市のホテルへ向かう。

翌日は朝市と白米千枚田を見てから七尾城跡へ行きます。正午前に七尾市を出発しないとアルプスライナー最終便には間に合いません。

七尾城跡へ直行した場合、到着予定時刻が午後2時頃です。城跡を見学してから輪島市の白米千枚田に立ち寄ってホテルに向かう流れになります。翌朝は朝市を見てから禄剛埼灯台へ行き、10時頃には高山濃飛バスセンターへ向かわないとアルプスライナーの最終便に間に合いません。

どちらのパターンも、道路状況や休憩時間によって変動する可能性があります。もしもアルプスライナー最終便に間に合いそうにない時は、お姉さんのウチに泊めていただけますでしょうか？　ちなみに輪島市のホテルは、お姉さんとは別々の部屋になります。

まだ色ボケはしていない妹分より

メールを送信した日の夜9時頃、お姉さんからの返信があった。

イケちゃんへ
アルプスライナーの最終便は気にしなくてもいいよ。間に合わなければウチに泊まってください。今さら遠慮するような関係じゃないでしょ！
いよいよ灯台めぐりの第二章が始まるのね……もうウキウキしています。最終的な行程表が仕上がったらメールで送ってね。よろしく。
ちょっぴり色ボケになっているお姉さんより

イケちゃんはメールを読んでホッとした。お姉さんがすでに色ボケになっているとわかり、早く会って話したい気分になった。

第 3 灯目

灯台めぐり・第二章 スタート！

第3灯目　灯台めぐり・第二章　スタート！

大型連休が終わり、渚たちが再会する日になった。イケちゃんが定刻通りに高山のバスセンターに着くと、お姉さんが車の横に立って手を振っている。

「お姉さん、お久しぶり！」

「おお、イケちゃん。会いたかったよ〜」

「お姉さんが手を振る姿を見てさ、初めて会った日のことを思い出しちゃった」

「ちょっと懐かしいわね。さあ、車に乗って」

お姉さんの車に乗り、イケちゃんがシートベルトを締めていると……。

「最初の目的地はどっちにする？」

「あれ、カーナビがある！」

「中古なんだけどね。便利だと思って付けちゃった」

「それじゃ、とりあえずは七尾市の七尾城跡を目指しましょう」

「そうね。最終的には現地の天候を見て決めよう」

お姉さんがカーナビをセットして準備が整った。

「灯台めぐりの第二章が始まるよ！」

「何だかワクワクする。それじゃ、レッツゴー！」


飛騨清見《きよみ》インターチェンジから有料道路に入って、高岡北インターチェンジで下りる。途中でトイレ休憩をして約3時間後、七尾城山《しろやま》展望台に到着した。

「やっと着いたわね」

お姉さんは少々運転疲れをしている様子。

「少し休んだら、本丸跡まで向かうからね」

イケちゃんに言われてうなずくと、お姉さんはストレッチを始めた。


数分後、渚たちは歩いて本丸跡の地点を目指す。木漏《こも》れ日の古道を進むと石段が見える。天空へとつながるような階段をのぼり切ると、本丸跡の広い空間に案内板がポツンと立っている。七尾城址と刻まれた大きな石碑を見て、城めぐりをしている実感がわいてきた。城山神社の鳥居の奥に立つと、七尾湾の様子が一望できた。

「城跡からの眺めって、灯台からの眺めとは違った魅力があるわね」

イケちゃんが素直な感想を言ってから、思いっきり息を吸って大きく息を吐いた。

「そうね。高山城跡とは違って眺めは最高！」

お姉さんも深呼吸を何度かくり返している。

「石碑の横でツーショットを撮ろうよ」

イケちゃんの提案で記念撮影をすると、ベンチに腰かけて休憩タイム。

「風が気持ちいいわ」

「ねえ、新しいカレシさんの話って……今夜までおあずけなの？」

「えっ、ここで話すの？」

「いいじゃない。開放的で……お酒が入ったほうがいいのかな」

「そうね。それよりさ、私の新しい彼のことをカレシさんって言ってるよね。もしかして私に気を遣っているの？　彼でいいからね」

「気を遣っていたつもりはないけど、やっぱり変だったね。これからは普通に言います。さあ、今は景色を楽しもう！」

駐車場に戻る途中で、お姉さんが車のキーをイケちゃんに渡す。車に乗ると、お姉さんがカーナビに次の目的地をセットする。

「今から向かえば、白米千枚田の夕景が見られそうね」

イケちゃんの言葉にお姉さんが反応する。

「棚田と海と夕日よ。朝じゃダメなのよね。この順番が大正解！」

ちょっと興奮気味のお姉さんを見ながら、イケちゃんはエンジンをかけた。

それから2時間半くらいで目的地に到着。海を見渡すと、太陽が沈みそうなタイミングだ。

「ベストポジションを見つけるわよ」

そう言ってお姉さんが車から降りて歩き出すと、すぐにイケちゃんが後に続く。目の前に広がる棚田と日本海のマッチングが素晴らしい。それに夕日が重なり、これ以上はない絶景が生まれようとしている。渚たちは黙々と動画や写真を撮りまくっていた。太陽が水平線に沈んだ頃、ようやくお姉さんが言葉を発した。

「海なし県で生まれ育った私たちには、禁断の絶景だったわ！」

お姉さんが発した言葉の意味はよくわからないが、大満足の様子なので結果的に良かったとイケちゃんは思った。

ホテル付近のコンビニでワインとつまみを買い、今夜の宴《うたげ》に備えは万全《ばんぜん》となった。


予約しているホテルに到着。1時間後にロビーで待ち合わせと決めて、それぞれの客室に入る。イケちゃんはシャワーを浴びて着替えをしてから、ホテル内のレストランについて情報収集する。ロビーへ行くと、お姉さんがソファに座っていた。

「お待たせ。どうしたの、疲れちゃった？」

「疲れてはいないけどさ、シャワーを浴びたら脱力感でね……」

「まだ20代でしょ……」

「30代に片足を突っ込んでるのよ。あなただって、つま先が入ってるでしょ」

「ねえ、レストランに入ろう……お腹減った！」

レストランでカツカレーを食べて、二人のお腹が満たされた。

「さあ、部屋に戻って飲むよ」

「やっぱり私の部屋なの？」

「酔いつぶれないと約束できるならさ、私の部屋でもいいよ」

イケちゃんは考え中……『今夜はお姉さんが酔《よ》いつぶれるかも』という結論に至《いた》る。

「今夜はお姉さんが好きなだけ飲んでいいよ。私は話が優先だから……」

レストランを出ると、お姉さんの部屋で宴が始まった。


まずは白ワインで乾杯をした。どちらから話すかということでもめそうになるが、やはりイケちゃんからになる。

「それでは……私の事件簿からお話しします」

お姉さんは、数回手を叩いて盛り上げようとしている。

「高校の同窓会があって出席しました。クラス会ではない……それがポイントです」

お姉さんは、首をタテに振る。

「同窓会の会場は母校の体育館だったの。リニューアルしたのが理由らしいわ。それからね、抽選で当たった人が前に出て1分間スピーチをするというイベントがあったのよ」

引き続き、お姉さんはイケちゃんを見ている。

「私は抽選に当たったから、前へ行って近況報告のスピーチをしたの。そしたらさ、何人かの男性が質問してきてね、3人目の男性が言ったのよ……」

「何て言ったの？」

お姉さんが、ようやく言葉を発した。

「その人は、『池江さん、僕が誰だかわかりますか？』って言うのよ。何言ってるんだろうと思ったけど、『すぐには思い出せません』ってこたえたわ」

「なんだか意味深ね……本当に覚えていなかったの？」

「まだ続きがあるの。その人がさらに言ったのよ。『今日は池江さんに会いたくて参加しました！』だって……同窓会が始まる前にね、私に会いたがっている人がいるって聞かされていたんだけど、大勢の前で言われるとは想像もしていなかった」

「それで、その男性が今回の事件の最重要人物ってことかしら？」

イケちゃんは返事の代わりに小さくうなずく。

「ねえ、その男性ってどんな感じの人なの？」

「再会した時の印象は、真面目そうだけどなんとなく不器用というか……そんな感じかな」

「性格的なことより、その男性がした行動とかを聞かせてよ」

「高校2年の時に告白されたことは言ったよね……」

「うん、聞いたよ。それで、今回は何て言われたの？」

「2次会の時にね、友達からお願いしますって言って手を差し出して頭を下げていた」

「バラエティー番組で見かけるパターンか……それで、その後はどうしたの？」

「彼の手は握らなかったよ。その代わりに質問したの」

お姉さんは、イケちゃんがうつむきながら話す様子を見ていじらしく思う。

「そんな状況で何を質問したの？」

イケちゃんは、もじもじしながら話し出す。

「10年以上も経っているのにどうして私なのかとか、私のどこが一番好きなのかとか、そんな感じかな」

小悪魔的な質問だと認識して、お姉さんは絶句してしまった。


イケちゃんは白ワインを一気に飲み干して大きく息を吐いた。まだ1杯目なので酔ってはいないが、早くも危ない様子だ。2杯目をグラスに注ぎながらお姉さんの言葉を待つ。

「あのさ、10年以上も経ってから同じ人に告白された気分ってどんな感じだった？」

「最初はビックリって感覚しかなかった。高校時代の記憶だって曖昧《あいまい》だったから、その時の彼と現在の彼が結びつかないの……だから、初対面の人みたいにしか思えないのよ」

「じゃあさ、現在の彼はイケちゃんにとってどうなの……好印象なのかしら？」

「あのね、順番が前後しちゃうんだけど……同窓会を発案したのは彼なんだって……仕事中の私を偶然見かけたらしいのよ。気持ちが再燃して話がしたくなったって言ってた。私とは別のクラスだったから同窓会にしたみたい。抽選で1分間スピーチが当たったのも彼が仕組んだことらしいよ。それから2次会の会場も、私と話をするために別の個室まで用意したんだって……」

「なるほど。ちょっと面白そうな人ね」

「2次会の個室には私と同じクラスだった女性が二人いたんだけど、その二人の前で彼が付き合ってほしいと言い出したから……」

「その彼ってイケメンなの？　それともお金持ち？」

「どっちも違うと思う。でも誠実そうな人だよ。友達も応援してくれたし……」

「話を戻すけどさ、イケちゃんの質問に彼は何てこたえたの？」

「えっ、恥ずかしいよ」

「何を照れてるの。正直に言いなさい！」

お姉さんが前のめりの姿勢で言うので、イケちゃんは上半身を反《そ》らしながらこたえた。

「彼が、『高校時代よりも今の池江さんが何倍も魅力的です』って言ってくれたの。それから私の一番好きなポイントは、声だって言ってたよ」

イケちゃんの言葉に、お姉さんは腕組みをして思案中だ。

「それで、もうデートはしたの？」

「うん。戸隠神社へドライブしたよ」

「デートの感想は？」

「楽しかったよ。戸隠そばがおいしかった。戸隠神社の奥社まで行けたから素敵な思い出になった」

「思い出って……次の約束は？」

「特にしてないよ。まだ手もつないでいないプラトニックな関係です！」

「もしかして、その彼って奥手なの？」

「誠実で慎重派なだけよ。グイグイくる人よりは私に会っていると思う」

イケちゃんの言葉にお姉さんが微妙に反応した。

「あれっ、お姉さんの彼って行動派タイプなの？　もう手をつないだ？」

「まあね……」


イケちゃんの事件簿から、お姉さんの出会いへとシフトする。

「今度はお姉さんの番だよ。デートした？」

「デートかどうかわからないけどね、高山に来てくれたから……イケちゃんの時と同じように案内しましたよ」

「もしかして、彼は泊まったりしたの？」

「何言ってるの、まだよ。何でそうなるのよ！」

「まだってことは、そのうちにそういう関係になるのかな……」

「話が飛躍しすぎよ。彼は実家に戻る途中で高山に立ち寄ったの。イケちゃんの時と同じお店で飛騨牛を食べたわ。それから古い町並みエリアを散策した。イケちゃんと一緒に行った合掌造りの民俗村でのんびりしたの。最後に伯父さんの店に立ち寄って彼を紹介した……そういう流れよ」

「へえ、伯父さんに紹介したんだ……ということは交際が決定したのね」

「違うの。彼が勝手に『新米彼氏です』って言っちゃったから……」

「否定しなかったんでしょ。お姉さんの顔を見ればわかる」

今度はお姉さんが照れている。

「その彼、どんな感じの人なの？　もう性格とか把握してるの？」

「積極的な人……これは間違いないわ。一見するとチャラそうだけど、要領が良くて器用かもね。全体的な印象としてはポジティブ人間だと思う」

「そうなんだ……私の同級生とは真逆なのね。性格以外はどうなの？」

「背が高くてスポーツマンタイプだよ。そんなにイケメンではないけど、さわやかって感じかな」

「仕事とか趣味とかは聞いたの？」

「父親が経営するスポーツジムでマネージメントをやっているんだって。趣味はインドア系みたい」

「インドア系って？」

「前にも話したと思うけど、全国各地の名産品をお取り寄せすることなんだって」

「それって趣味なの？」

「効率的で時間の節約になるから、わざわざ現地には行かないらしいわ。だから社会人になってから旅行はしていないそうよ」

「そうなんだ。旅行だったら私と行けばいいもんね！」

イケちゃんの言葉にお姉さんは再び微妙に反応する。

「お姉さん、どうかした？」

「民俗村で彼から言われたの……『いつか必ずプロポーズしますから、絶対に断らないでください』ってね」

お姉さんの話を聞いて、イケちゃんがすかさず言った。

「それって、すでにプロポーズされているのと同じことなんじゃないの？」

「やっぱりそうだよね。私もイケちゃんと同じことを言ったわ」

「彼の反応は？」

「彼がね、『俺はまだ渚さんに告白はしていません。告白の言葉がプロポーズです』って言うのよ。だからさ、勢いで言っちゃったのよ……『サプライズは好きじゃないから普通にしてね』って……」

「マジで言ったの？　どう考えたってプロポーズをオッケーしたのも同然だよ！」

「そう思われても仕方ないよね。彼からも変ですよって笑われちゃったわ」

「お姉さんは彼のことが気に入っている……認めますか？」

イケちゃんからの問いかけに、お姉さんは返答に迷いつつ切り返した。

「あなたこそ、どうなのよ？」

「ずるいよ。お姉さんのほうが進展してるじゃない！」

「じゃあさ、同時に言おうよ。気に入っていたら『イエス』、まだだったら『ノー』って言いましょう。いいわね」

イケちゃんとしては納得できないが、お姉さんの言うことに従う。

「じゃあ、3、2、1で言うのよ。3、2、1……」

「イエス」と、イケちゃんが言った。

「イエス！」と、お姉さんも言った。

「つまり、二人ともカレシができたってことよね」

イケちゃんが笑いながら言うと、お姉さんは真面目な顔で話し出す。

「あのね、まだ話していないことがあるの……」


お姉さんの顔を見て、イケちゃんはグラスをテーブルの上に置いた。

「合コンで初めて彼を見た瞬間にね、もしかしたら一目惚れしたかもって気がしたのよ。実際に彼と話をしてみて、私より1歳若いけれど落ち着いた雰囲気だったので心地よいと感じたわ。でもね、民俗村で彼と話している時に言っちゃったのよ」

『何を言っちゃったの？』と、イケちゃんが調子を合わせる。

「イケちゃんと一緒に行く灯台めぐりはずっと続くから、それを最優先にすることを理解してくれる人としかお付き合いできない……そう言ったの」

お姉さんの言葉を聞いたイケちゃんは、すぐには言葉が出てこない。お姉さんの言ったことの意味を考えてみるが、素直に喜ぶべきなのかよくわからない。


お姉さんはグラスのワインを飲み干してから、2杯目をグラスに注いでいる。その様子を見ながらイケちゃんがしゃべり出す。

「ありがとう、お姉さん。私のことを思って言ってくれたと思うけど、それで彼が気を悪くしたらって考えなかったの？」

「交際をすることが決まってから言うのは嫌《いや》だったのよ。私にとって大切なのは、将来的にダンナさんになるかもしれない人より、これからも一緒に旅行するあなたなの……」

イケちゃんの目はウルウルしていて、すぐにでもお姉さんに抱きつきたい気分になっている。その衝動を抑えながらイケちゃんはグラスを持ち、お姉さんに向けて腕を伸ばす。お姉さんはイケちゃんの仕草を見て、自分のグラスをイケちゃんのグラスに寄せた。


「あのね、この旅行が終わったら彼と会うかもしれないの……」

イケちゃんのつぶやくような言葉にお姉さんが言う。

「自分の気持ちを伝えるの？」

「今度は私からデートに誘ってみる。彼からは彼女になってほしいって言われているからさ、曖昧なままでは良くないと思っているの」

「そうよね。お互いのためにも、はっきりさせるのはいいことだわ」

「彼と会ったらね、お姉さんが彼に言ったのと同じ条件を話す……いいよね？」

「えっ、私には決められないよ。だけど、イケちゃんも私と同じ気持ちならうれしいな」

「じゃあ決まりね。彼が理解してくれたら、私は真剣に彼とお付き合いする！」

「よく考えるとさ、私たちの言ってることって男性の側からすれば勝手なのかもね……」

「そうだよね。彼が、『男同士の付き合いに文句を言うな！』って言うのと変わらないかも」

「じゃあ、これで男性関係の話は終了ね。明日の予定を確認しましょう」


お姉さんからの提案で、イケちゃんは旅程の確認をする。

「輪島の朝市を見てから禄剛埼灯台へ向かうけど、朝市が8時からだとして……」

「9時頃に輪島を出ると、灯台に着くのは何時頃なの？」

「たぶん10時半くらいかな」

「その時刻じゃアルプスライナーの最終便には間に合わないわよね」

するとイケちゃんは、何も言わずに手を合わせてお姉さんを見つめている。

「いいわよ。私のウチに泊まりなさい」

「ありがとう！」

「時間に追われるような旅は、私たちには似合わないの。のんびりゆったり気ままに過ごさないと、旅行する意味がないわ。そうと決まったら、そろそろ寝ましょう」

「はい。じゃあ、部屋に戻ります。明日の朝は8時ちょっと前にロビー集合ね！」

「わかったわ。おやすみ」

「おやすみなさい」

◇

翌朝の8時にチェックアウトしてから、徒歩で朝市のエリアへ向かう。朝早くから地元の人や観光客でにぎわっている。朝市通りに足を踏み入れると、お店の人の話し声がした。

「何を言ってるのか、まったくわからないわ」

「お姉さんがわからないなら私もわからないよ。あれって輪島弁なのかな？」

地蛸《じだこ》がぶら下がる店や蒸しアワビが並ぶ店もある。とにかく海産物のオンパレードだ。海産物以外にも、えがらまんじゅうと書かれた黄色っぽい菓子が見えた。

「ねえ、お店を見ていたら海鮮丼が食べたくなったわ」

「お姉さん、この先の定食屋で食べられるよ。行きましょう！」

「よし、レッツゴー！」

贅沢な海鮮丼の朝食を済ませ、輪島サイダーなどを買って朝市見学を終えた。

「さあ、灯台めぐりの始まりよ！」

お姉さんの運転で出発すると、車は海沿いの国道２４９号線を東に向かう。休憩をしないまま一気に走らせて、狼煙《のろし》という名の道の駅に到着した。

「運転お疲れ様でした」

「太陽が眩《まぶ》しかったけど、最高のドライブだったわ」

「さてさて、ここからは徒歩ですよ」

「岬自然歩道の入り口ってどっちなの？」

「たぶんだけど……あっち！」

イケちゃんが指差した方向に、灯台登り口と書かれた石段があった。渚たちがゆっくりと階段をのぼり切ると能登半島最先端と記《しる》された標柱《ひょうちゅう》があり、石造りの真っ白い灯台が見えた。

灯台の中段あたりに菊の紋章《もんしょう》があることにお姉さんが気づく。

「ねえ、菊の紋章があるよ……なんだろうね」

お姉さんは写真を１枚撮ってから、イケちゃんに向かって微笑みながら言う。

「それじゃ、いつものお願いね」

「えっ、案内板に書いてあるよ」

「これは儀式だって言ったでしょ。雰囲気の問題なの。さあ早く、よ・ろ・し・く」

「ハイハイ。わかりました。では、いつもの儀式を始めます」

イケちゃんは検索した情報を読み上げる。

「初点灯は明治16年7月10日。石造りの白い円形の塔で高さが12メートル。33キロメートル先まで光が届くそうよ。Aランクの保存灯台で日本の灯台50選に選ばれています。この灯台の特徴は、レンズを固定し灯火の遮蔽板《しゃへいばん》を回転させることで点滅させているって書いてあるわ」

「一般的にはレンズを回転させるのよね。理由はわからないけれど個性的ってことね」

「あとは……この周辺は能登半島国定公園なんだって」

「菊の紋章のことって書いてないの？」

「灯台に菊の紋章があるのはココだけとしか書いてないわ。書いてある文字の解説もないのよ」

「どうもありがとう。さあ、景色を満喫しましょう！」

「ちょっと待って……何か忘れているような気がする」

「何よ、大事なこと？」

「ダメね、思い出せないよ」


柵に近づいて日本海を眺めると、千畳敷《せんじょうじき》と呼ばれる海食棚《かいしょくだな》の地形が見えた。他の観光客は見当たらない……今のうちに灯台の様子やツーショットを撮りまくる。撮影に区切りがついたので散策を始めると、お姉さんは東の方角を見てつぶやいている。

「やっぱり佐渡ヶ島《さどがしま》は見えないね」

「よっぽど運が良くないと無理みたい。天気が良くても空気が澄んでいないとね」

「奥能登の最果てに来られたから満足よ。佐渡ヶ島には姫埼《ひめさき》灯台や弾埼《はじきさき》灯台があるからさ、生きているうちに一緒に行こうね！」

「ちょっと待って……弾埼灯台って灯台記念日以外の日に一般開放されるみたいよ。初夏のお祭りの時らしいけど、今度ちゃんと調べてみるね」

「そうなんだ。私たちにとって、とても貴重な情報だから忘れないようにしよう」

お姉さんは、さっそく自分の手帳に書き込んでいた。


朝焼けと夕景の両方が見えるスポットであるが、1時間かけて堪能したので二人は駐車場に戻ることにした。まだ空腹にはなっていないので、道の駅で能登の天日塩《てんぴじお》と塩せんべいを購入。お姉さんから車のキーを渡されたが、イケちゃんはルート選択が気になっている。

「ねえ、お姉さん。どのルートで帰るの？」

カーナビをセットしようとしてお姉さんは考え込む。

「来た時と大体同じかな。とりあえず珠洲《すず》方面へ向かう。のと里山空港から穴水町を抜けて、能登二宮駅を通って高岡インターチェンジだね。ずっと一般道だけど、疲れたらいつでも交代するから言ってね」

「あ～い」

奥能登の丘陵《きゅうりょう》地帯のドライブは快適だった。およそ2時間半が経ち、能登二宮駅を通過したあたりで食事休憩をする。食後はお姉さんの運転で一気に高山市へと向かった。

「やっぱりアルプスライナーは無理だったね」

「最初から私のウチに泊まるプランで良かったのよ」

「ありがとう。ねえ、あのお風呂に寄っていく？」

「そうだね。大浴場に入って今回の旅の仕上げとしよう！」

「あっ、思い出した！」

「何よ、急に……どうしたの？」

「歌うの、忘れてた！　さゆり様の能登半島……」

イケちゃんが大きく口を開けると、お姉さんが止めようとする。

「やめてよ。今歌ってどうするのよ」

お姉さんに言われて、イケちゃんは鼻歌に切り替えた。


午後8時過ぎにお姉さんのウチに到着。今旅の反省会と今後の予定について語り合う。

「乾杯！」

「カンパ～イ！」

お互いの顔を見てニコニコしている。

「久しぶりの旅行……楽しかったね」

イケちゃんがストレートな感想を言った。

「灯台めぐりを口実にした旅で、男性関係の話が盛り上がったわね」

「最初のデートで手をつなぐなんて……積極的なお姉さんを尊敬していま～す！」

「私のこと、ちょっとバカにしてるでしょ！」

「崖っぷちだから仕方がない……お気持ちはよくわかります」

「失礼ね。あなただって来年になればわかるわよ。好きになったら当然でしょ」

「私はまだわかんないな……彼は好きアピールしてくれているけど、まだ実感がわかないというか……彼のことをよく知らないの」

　スナック菓子をつまみながら、イケちゃんが困り顔をしている。


「私なんて2回しか会っていないけどさ、直感的に『良い人』って感じたのよ。あなたにもね、そんな直感があったら、その時に決めればいいんじゃない？」

「そうなの……恋愛って直感を信じていいの？」

「女の直感以外に何を信じるって言うの？」

「次のデートで手をつなげばわかるかな……」

「自分から手をつなぐのかしら？」

「お姉さんの時はどうだった？」

「最初は彼からよ。でもね、手を離してからさ……次は私から手をつないだ」

「へえ、なんだか幸せそうな感じがする」

「いいでしょう……だから、次のデートで頑張りなさい！」

「手をつなぐ以上のことが起きたらどうしよう……」

イケちゃんがお姉さんの顔をのぞき込むようにして言った。

「高校生じゃあるまいし……その時は、成り行きに任せればいいの！」

何かを妄想しながら、お姉さんはワインを注いでいた。


「ねえ、今回の旅の反省点ってある？」

「そうね、今回はベリーグッドかな。問題があるとしたら、1泊しかしなかったことくらいだね……次は灯台めぐりのハシゴをしたいわ」

「やっぱり1泊だと物足りないよね。今後のことをザックリ決めたいと思うんだけど……」

「何かプランがあるの？」

「あのね、北海道や四国には参観灯台がなかったでしょ。だから次の訪問地は北海道とか四国にしたいの……どうかな？」

「北海道や四国の灯台か……とても興味があるわ。でもさ、北海道は広すぎるから1回の旅では絶対に無理よね」

「四国だって結構広いよ。室戸岬に足摺岬そして佐田岬……全部四国の隅《すみ》っこにある」

「青森県の龍飛岬は北海道に行く時に立ち寄れないかな？」

「ちょっと待って。まずは訪問する時期……つまり季節が重要でしょ」

「そうよね。北海道の冬は絶対に無理だし、四国の秋は台風の影響が大きい」

「北海道は6月中旬と9月の下旬が良さそう。四国は3月から4月が良いかも」

渚たちは、イメージしながら手を動かしたりしている。

「とりあえずさ、訪問する灯台と観光地を書き出してみようよ」

「じゃあ、まずは北海道からね。お姉さん、メモしてくれる？」

「いいわよ」

「宗谷岬灯台、稚内灯台、納沙布岬灯台、花咲《はなさき》灯台、落石《おちいし》岬灯台、襟裳岬灯台、チキウ岬灯台、恵山《えさん》岬灯台……ここまでが『日本の灯台50選』なの。それ以外の候補は能取岬灯台とか神威岬灯台かな」

「知床岬灯台は立ち入り禁止エリアだから除外して、この10ヶ所の灯台と観光地を組み合わせればいいのね」

お姉さんが書いた文字を二人でのぞき込む。すると、イケちゃんが提案する。

「根室エリアに3ヶ所あるから、3回に分けてトライしようか？」

「その前に候補となる観光地を決めましょう」

灯台めぐりの第二章は、参観灯台めぐりよりもスケールが大きいのかもしれない……そんなふうに渚たちは思い始めていた。

「お姉さんは北海道へ行ったことあるの？」

「ないわよ。イケちゃんは？」

「行こうと思ったことはあるけど、実際には行ってない」

「そうか……二人揃《そろ》って初の北海道か。リサーチをしっかりしないとね」

「お姉さんが憧れている観光地とか見てみたい景色って何？」

「流氷シーズン以外の時期でもオホーツク海は見てみたいな。知床岬灯台の手前にある知床五湖くらいまでは行きたい」

「網走《あばしり》方面へ行けば能取岬灯台やサロマ湖が見られるよ」

「イケちゃんが行きたい所はどこなの？」

お姉さんから問われて、うれしそうにしゃべり出す。

「私はいっぱいあるよ。美瑛《びえい》の丘めぐり、旭川の有名な動物園、釧路《くしろ》湿原、小樽《おたる》運河、函館山……」

「道東の湖めぐりも良さそうね。そうだ、グルメなら味噌ラーメンが食べたいわ！」

「もうグルメの話なの……食べ物だったらキリがないくらいあるよね」

「カニ、ホタテ、イカ……野菜や果物もいっぱいあるわ」

「すぐにでも北海道へ行きたくなっちゃう！」

「時間があればさ、北海道の鉄道旅も体験したいわね」

「釧路《くしろ》空港から根室方面は根室本線で行くことになるよ。釧路湿原や知床斜里《しゃり》方面へのアクセスは釧《せん》網《もう》本線。それから稚内方面は宗谷本線……考えただけでもワクワクする！」

イケちゃん情報を聞いて、お姉さんのテンションも上がり出している。

鉄道の話が出たので航空機のアクセスが気になり、イケちゃんの検索が始まる。

「お姉さん、大変よ。あのね、松本空港から北海道へ行く場合は新千歳《しんちとせ》空港しかないの」

「釧路空港とか旭川空港とか函館空港へ直接行けないってこと？」

「格安航空券だと無理みたい……あのね、鉄道移動は『北海道フリーパス』を使うのがリーズナブルだから、羽田空港や中部国際空港を経由するルートは割高になると思う……拠点《きょてん》としての新千歳空港はアリかも」

「松本空港まではイケちゃんのウチからどれくらい？」

「徒歩で西松本に移動して、そこから路線バスに乗ると40分以内で着くよ」

「まあまあのアクセスね。北海道旅行の前日はイケちゃんのウチでのお泊まり決定！」

お姉さんのテンションは、さらに上がっている。

「さっき話していた根室エリアの灯台3ヶ所は、根室本線の駅からのアクセスよ。理想としては釧路空港からが良さそうよね。観光地のメインは釧路湿原と道東の湖めぐりかな……」

イケちゃんのつぶやきに対して、お姉さんがこたえる。

「知床五湖や網走方面の観光もセットにするとしたら……そうだ、能取岬灯台も行けるわね」

お姉さんが書いた文字を、再びのぞき込みながらイケちゃんが会話を進める。

「そう考えると、宗谷岬灯台と稚内灯台は旭川空港か稚内空港からのアクセスになるね」

「旭川の動物園と美瑛の丘めぐりは、お天気に恵まれることが絶対条件かも……」

「次だけど、新千歳空港からの場合はどうなるかな？」

渚たちの会話は途切れることなく続く。

「残りの襟裳岬灯台、チキウ岬灯台、神威岬灯台、恵山岬灯台になるわね。観光地の候補は、小樽運河や登別《のぼりべつ》温泉に函館山……函館空港も使えそうよ」

「お姉さんはさ、この3パターンだったらどれからトライしたい？」

「どのパターンも到着と出発の空港が同じだと、効率が悪いような気がするけど……どうなのかな」

「道東から道北は釧路空港と女満別《めまんべつ》空港、道央から道北は旭川空港と稚内空港、道央から道南は新千歳空港と函館空港になるのよね」

「今さらだけど、北海道ってやっぱり広大だわ！」

イケちゃんも、お姉さんと同じ気持ちらしく笑っている。


「とりあえず北海道は見通しが立ったから、次は四国をチェックしてみようよ」

お姉さんがメモを確認しながら問いかける。

「イケちゃんは四国に行ったことある？」

「ないです。興味はあったけどね。お姉さんは？」

「私なんか興味すらなかった……おばあちゃんになったらお遍路《へんろ》でもしようかくらいにしか思っていなかったな」

「四国も未経験同士ってことね。まずは灯台の候補を書き出そう！」

「私がメモするんでしょ。さあどうぞ」

「室戸岬灯台、足摺岬灯台、男木島《おぎしま》灯台、佐田岬灯台、高松港玉藻《たまも》防波堤灯台、蒲生田《かもだ》岬灯台、叶埼《かなえさき》灯台、高知灯台……香川県に鍋島《なべしま》灯台があるけど、灯台記念日の前後しか立ち入りができないからパスだね」

「キリがないから、『日本の灯台50選』以外はさ、アクセスが良い場所だけでいいわよ」


「次は観光地の候補……お姉さんが行きたい所は？」

「そうね、急に聞かれても……『こんぴらさん』の石段にチャレンジしたいかも」

「こんぴらさんって何？」

「金刀比羅宮《ことひらぐう》のことよ。奥社まで１３６８段の石段がある神社なの」

「ふ～ん。他には？」

「小豆島《しょうどしま》や桂浜《かつらはま》……そうだ、天守が残っている城がいくつかあるわよ」

「そうなの！　彼の趣味だけど……城めぐりだって言ってたよ」

イケちゃんが彼に関する情報を言い放った。

「あら、そうなの。じゃあ城めぐりは彼と行きたい？」

「それはないよ。お姉さんと行きたい！」

「たしか、松山城とか高知城があったと思うけど……」

「ちょっと待ってね……丸亀城と宇和島城があるよ。他にも高松城や今治《いまばり》城に大洲《おおず》城がある！」

「灯台めぐりよりもお城めぐりのほうが数は多いみたいね」

「四国の灯台めぐり……割り振りはどうする？」

「そうね、２回に分けたとしたらどうなるかな？」

　ハイテンションになっているお姉さんは、２本目の白ワインを冷蔵庫から取り出す。


「お姉さん。その前にさ、四国へのアクセスは鉄道でいいよね」

「航空機は使えないの……それとも不経済なの？」

「ちょっと待ってね。とりあえず高松駅までのアクセスを確認してみる」

　数分後、イケちゃんはメモに何かを書いて報告する。

「あのね、それぞれの渚駅から出発した場合で調べたわ。岡山駅で合流できそう」

「岡山駅には何時くらいに着くの？」

「13時47分よ」

「私は何時の列車でスタートするのかな？」

「お姉さんは07時38分発で、運賃の総額が１万１１００円よ」

「ふ〜ん。イケちゃんは？」

「私は09時08分発で、運賃総額が１万５６８０円」

「イケちゃんのほうがスタートは遅いのね」

「新幹線に長く乗るからね……待ち合わせはマリンライナーのホームだよ」

「愛媛県の松山だったら、航空機が良いのかな？」

「ハイ、今調べます……中部国際空港からは松山空港。小牧《こまき》の名古屋空港からは高知空港へ行けるけど、それほど時短にもならないし経済的とは言えないわ」

「そうなんだ……ありがとね。北海道とか九州方面の時しか航空機は使えないということなのね。そうだ、四国には鉄道のフリーきっぷなんてあるの？」

「前に調べたことがあるよ。1日フリーきっぷとか3日間や4日間とかあるけど、週末限定のきっぷもあるみたい」

イケちゃん情報を聞き終えて、お姉さんは大きくうなずいている。

「これで大体わかったわね。北海道は3回の旅行に分割する。四国は2回に分けるか4日間のフリーきっぷを使って1回で終わらせる。そのどちらかってことね」

「そういうことになるけど、お姉さんの要望を聞かせて……」

お姉さんはワイングラスをテーブルに置いて、目を閉じてシンキングタイムに突入する。それを見て、イケちゃんも自分なりに考えてみる。3分くらい経過して、お姉さんの考えがまとまり目を開けると……イケちゃんがワイングラスを持ったまま寝ている。このまま寝かせてあげようかと考えたが、まだ布団も敷いていないので肩を叩いて起こす。

「あっ、寝ちゃってた？」

「気持ちよさそうにね。ワインこぼさないでよ」

「旅行のプランだけど、お姉さんの要望は？」

「来月の下旬に北海道ってどうかな。新千歳空港から函館空港のルートで灯台めぐりをしようよ。そこから先は、またゆっくり考えればいい」

「旅程表とかチケットやホテルの予約はどうするの？」

「また交代でのおもてなし方式にする？」

「私はどっちでもいいよ」

「それじゃ、今までと同じ交代制で交互に担当ね。次の旅行は私がやるわ」

「ハイ。お願いします。旅行の日にちだけ早く決めてね」

「わかった。とりあえず6月28日から3泊4日くらいでの旅程を考えてみるね」

「有給休暇の申請を出しておこうかな……」

「今月末までには旅程表を完成させるから、イケちゃんの要望があったらメールで教えてね」

イケちゃんがうなずき、お姉さんはテーブルを移動させて布団を敷《し》いた。

「もう限界！　おやすみなさい」

敷いたばかりの布団にイケちゃんは寝てしまった。お姉さんは片づけを済ませ、イケちゃんの寝顔をスマホで撮影してベッドに入った。これにて、今回の旅が無事に終了した。

第 4 灯目

恋のかけ引き……進行中

第4灯目　恋のかけ引き……進行中

渚たちの旅が終わった数日後、イケちゃんは松原にメールを送ろうとしている。メールの内容は、旅行のおみやげを渡すついでにドライブしませんかというお誘いだ。メールを送信した数分後に、松原からの返信メールが届く。

渚さん、こんばんは。ドライブのお誘いをお受けします。
来週の日曜日はどうでしょう？
松原より

半月ぶりに送ったメールに対してメールで返信してくるなんて……私の声が聞きたくないのかな……そんなふうに思っていたら、重大なことに気づいてしまった。

『彼とはメールアドレスしか交換していない！』

彼が携帯番号を聞いてこなかった理由って何だろうと思案する。私との距離感を大切にしようとしているからなの？……でも自分はどうなんだろうとも考えた。メールの返信を思い出して、『来週の日曜日の正午に会って食事をしませんか？』という内容で送信した。すぐに彼からの返信が届いた。

了解しました。この前のドライブの時に停めた渚駅前で正午に待っています。ではまた。
松原より

短い文章だが、これでドライブが決まった。今回はドライブの行き先はどこでもいい。彼と会って、交際する条件を告げることが目的なのだ。どのタイミングで言うべきか……今はそれが気になる。

◇

日曜日の正午になり、イケちゃんは時間ピッタリに渚駅前に着いた。周囲を見渡すが、前回のドライブで乗った車が見当たらない。短めのクラクションが鳴った。音がしたほうを見ると、ブルーメタリックの軽自動車があり、松原が手を振っている。渚は安全確認をしてから、軽自動車に近づいていく。

「こんにちは。これが松原君のマイカーなの？」

「こんにちは。そうだよ、さあ乗って」

イケちゃんは助手席に座りシートベルトをする。その動作が終わると松原が言った。

「渚さん、お腹空いてる？」

「まだかな。ドライブの途中で、良いお店があったら入ります？」

「あのさ、良かったら奈良井宿まで行きませんか……どうかな？」

「ナライジュク？……ああ、塩尻《しおじり》の先にある宿場町ね。そこで食事するの？」

お互いに問いかけるばかりの会話だが、付き合い始めの初々《ういうい》しさがある。

「1時間と少しで着くから、奈良井宿でランチしようよ」

「お任せします！」

こうして2回目のドライブデートの行き先が決まった。


車を走らせると、松原がお決まりのことを話し出した。

「旅行はどうだった？」

篠ノ井《しののい》線に沿った国道を南下している。マイカーなので、今日の運転は気持ちに余裕があるようだ。

「禄剛埼灯台は楽しかったわ。初日はね、七尾城跡を訪問したの。木漏れ日が射す古道を歩いていくと石段があって、ゆっくりとのぼり切ると視界が開けたの」

「それって本丸跡かな？」

「そうよ。それからね……城山神社から見下ろすと七尾湾が見えて最高の景色だった！」

「写真は撮ったの？」

「撮ったよ。食事の時に見せるね」

「うん」

「七尾城から白米千枚田という場所へ行ったの。そこも絶景だったわ」

「どんな感じだったの？」

「棚田と海の景色に夕日がプラスされて……あれは写真では伝わらないかも。人生の中で見た絶景としては上位に入ると思う」

「天気はどうだったの？」

「2日間とも上々だったわ。灯台にいた時は少し雲が多かったけれど、お天気に恵まれて良い気分だった」

「どこに泊まったの？」

　松原は運転中なので、とりあえず簡単な質問ばかりをくり返している。

「輪島にあるビジネスホテルよ。ねえ、松原君の近況を聞かせて……」

「僕は特にないよ。お城めぐりをするのは学校が長期の休みになる時だけだから、普段の休日はどこへも行かないよ。大会の前は部活で学校に行くくらい……」

「部活の顧問って、やっぱり陸上部なの？」

「まあね。最近はちょっとマンネリ化していて退屈かも」

「でもさ、神経使うでしょ。事故や怪我に配慮したり見守ったりで大変そうな気がする」

「新任の頃は結構熱血指導していたけど、だんだん落ち着いちゃって……今はノーマル指導になっているかな。さっき言ってた、見守るっていう感じが良いみたい」

車は塩尻駅の北側を通って中山道《なかせんどう》を進む。長いトンネルを抜けると左側に奈良井川が見え、木曽路《きそじ》の雰囲気を感じる。

午後1時を少し過ぎた頃、奈良井駅付近の駐車場に車を停めた。

「さあ、着いたよ。ここから歩いていこう」

「奈良井宿って私は初めてよ。松原君は？」

「何年か前に1回だけ……その時の雰囲気が良かったからチョイスしたんだ」

「そうなの。楽しみね」

二人が歩き出すと、しばらくして松原が言った。

「渚さんはお蕎麦が好きだよね。おやきも好き？」

「長野県生まれでさ、おやきを好きじゃないなんて人はいるの？」

質問に質問で返されて松原は苦笑いしている。

「食事するお店は決めているの？」

すると1軒の店を指差してこたえる。

「あのお店なんだけど……」

二人が店の前に立つと、いくつか置物が並んでいる。靴を脱いで座敷に上がり、テーブル席に案内された。ほどなくしてお茶とメニューが提供された。

「僕は山菜そばと野沢菜のおやきが食べたいな。渚さんはどうします？」

「私も同じのでいいわ」

「僕に合わせなくてもいいのに……」

「合わせたつもりはないよ。山菜も野沢菜も私の大好物なの」

「ようするに食の好みが似てるってことか……」

「とりあえず……今のところはね」

「じゃあ、注文するよ」

松原が注文を済ませると、二人は部屋のまわりを見渡す。

「なんだか落ち着くわね」

「前に来た時はさ、雪が降っていたから静かだったな」

「雪だと趣《おもむき》が違うでしょうね。あっそうだ、おみやげがあるの」

イケちゃんは手提げバッグからおみやげを取り出す。輪島名物の塩せんべいだ。

「うれしいな。どうもありがとう！」

松原は満面の笑顔で喜んでくれた。

「おせんべいくらいで大袈裟《おおげさ》よ」

「渚さんからもらった最初の品物だよ。食べ物以外なら一生大事にとっておいたかもしれない……」

松原の言葉を聞いて、イケちゃんは何て言えばいいのかわからなくなってしまった。

注文した料理がテーブル席に運ばれてきた。

「では、いただきます」

「ハイ。いただきま～す！」

食事中は食べることに集中するタイプなので、イケちゃんはほとんど言葉を発しない。時々松原の顔を見てニッコリと笑い食事を続ける。

松原はイケちゃんが食べるペースに合わせながら、料理を味わいつつ彼女の行動を観察しているようだ。

「ご馳走さま。ああ、おいしかった！」

「おいしかったね」

「私のペースに合わせてくれたんでしょ。ありがとね」

「最初のひと口が旨かったから……味わって食べていただけだよ」

食事が終わると、イケちゃんはアノ話をいつしようかと考え中。

「渚さん、この後はどうしようか？」

「そうね、ちょっと待ってね……そうだ、木曽の大橋が見たいかも」

「いいね。前に来た時は雪だから近づけなかったんだよ。よし行こう！」

二人は席を立って会計をする。

「ここは私が支払います」

「僕が誘った店だから、僕が支払うよ」

「松原君は車を出してくれたでしょ。これは私のこだわりなの」

イケちゃんに押し切られ、松原は財布をしまった。


「ご馳走さまでした！」

店を出ると松原が言った。イケちゃんはニッコリ笑って歩き出す。中央本線の線路をくぐって広場へ行くと、総檜造り《そうひのきづく》の美しい太鼓橋《たいこばし》が見えた。

「松原君、ちょっと待って」

「どうしたの？」

「あのね、あの橋を渡る前に話しておきたいことがあるの……いいかな？」

「えっ、なんだか怖いな」

イケちゃんが近くのベンチに座ると、松原も隣に腰を下ろした。

「実はね、松原君にお願いがあるの……」

「僕にできることなら何でも協力するよ」

「ありがとう。ちょっと話が長くなるけど聞いてね」

松原がうなずくのを見て話を続ける。

「灯台めぐりを一緒にやっているお姉さんの話なの。最近、お姉さんに彼ができたんだって……それでね、お姉さんは彼とお付き合いするにあたって条件を出したらしいの」

「条件？」

付き合うことに条件を出すなんて、多くの場合は良い結果にならないと松原は思っている。イケちゃんの話の方向性が気になり、少し不安になってきた。

「そうなの。それはね、ライフワーク化している灯台めぐりをすべてにおいて優先するってこと。つまり、彼とのデートよりも重要だってことなんだけど……意味わかる？」

「ようするに、渚さんたちの旅行の合間にデートをするならば、お付き合いしますってことでしょ」

「そういうことよ！　理解してくれてうれしい。それでね、まだ続きがあるの」

やはり良いとは言えない話だった。この条件だけでも結構きついと感じるが、まだ終わらないいなんて……松原は先ほどよりも不安が増し、冷や汗をかいている、松原の心中など気づく様子もないイケちゃんは、さらに話を進める。

「お姉さんは彼に、『将来結婚したとしても条件は変わらない』って言ったらしいの」

「つまり、ダンナさんになっても渚さんとの旅行が優先されるってことか……普通ならドン引きされそうだよね」

松原は思ったままをストレートに話したが、イケちゃんの話はまだ終わらない。

「私もね、その話を聞いた時に思ったわ。彼が気を悪くしたらどうするつもりなのってね。それと同時に、お姉さんが私のことを妹のように大切にしてくれていると感じて心の底からうれしかったの」

お姉さんに対してのやさしい心遣いや心配する気持ち……そんなイケちゃんのやさしい心に触れた松原は、今まで以上に彼女が愛《いと》おしくてたまらなくなっていた。

「渚さん、大丈夫だよ」

「えっ、何が大丈夫なの？」

「渚さんもお姉さんと同じことを僕に言いたかったんでしょ。ご心配なく。僕は10年以上も待っていたのと同じなんだから……渚さんが旅行に行っている間なんて平気だよ。あれっ、僕の日本語って変かな？」

イケちゃんは松原の素直で誠実な人間性を微笑ましいと感じ、とてもうれしい気分になった。

「大丈夫、変じゃないよ。あのう、なんだか回りくどい言い方になっちゃって……ごめんね」

「そんなことない、気にしないでいいさ。むしろ渚さんがうらやましいかな……お姉さんが男じゃなくて本当に良かったと思っている。それほど魅力的な人なら、今の僕には絶対にかなわないからね」

会話の雰囲気を変えようとして、松原は意識的に明るい声でおどけてみせた。

「お姉さんは私にとって大切な人……いつか紹介するね！」

イケちゃんは目を輝かせて、松原をまっすぐに見ている。

「ねえ、渚さんからの条件を受け入れた僕は……君の彼になれたのかな？」

するとイケちゃんは立ち上がり、松原の前に右手を差し出した。

急に立ち上がったイケちゃんを見上げていた松原は、瞬時に状況を判断して立ち上がり、左手で彼女の手をそっとつかむ。

「さあ、渚さん。美しい太鼓橋を渡って公園へまいりましょう！」

「ハイ！」

「そうだ、旅行の写真を見せてね」

初めて手をつないだ二人は晴れて恋人同士となったが、これから起こる小さな事件など知るよしもなかった。

◇

イケちゃんのデートがあった1週間後、お姉さんから旅行に関するメールが届いた。


イケちゃん、こんにちは。新しい彼とは手をつないだのかしら……。

6月28日からの行程を考えてみました。大まかな流れを説明するね。一つ目のパターンは、私が前日にイケちゃんのウチに泊まる。翌朝に松本空港経由で新千歳空港へ移動して、最初の目的地は札幌だよ。初日は市内を観光してから札幌駅付近で宿泊します。

翌日は札幌駅から路線バスで神威岬灯台へ行く。その後は小樽に立ち寄り、2日目の宿泊地は苫小牧《とまこまい》よ。3日目はレンタカーで襟裳岬灯台へ向かう。苫小牧に戻ったら、鉄道で室蘭《むろらん》駅へ移動して宿泊する。

翌朝にタクシーでチキウ岬灯台を訪問する。その後は函館へ移動して市内観光をしてから宿泊する。最終日は路線バスで恵山岬灯台へ行き、夕方の便で函館空港から羽田空港を経由してイケちゃんのウチへ……帰宅する時刻は、順調でも午後11時くらいかな。

もう一つのパターンは、さっきのとは逆パターンです。

私が前日にイケちゃんのウチに泊まるのは同じね。なるべく安い方法で函館を目指すと、羽田空港経由で函館空港に着くのが午後4時頃。路線バスで函館駅へ移動してホテルにチェックインしてから、函館山の山頂へ行って夜景を楽しむ。

2日目は早朝から路線バスで恵山岬灯台へ行く。函館駅に戻ったら鉄道で室蘭駅へ移動して宿泊する。3日目はホテルからタクシーでチキウ岬灯台へ行く。徒歩で母恋《ぼこい》駅へ移動。鉄道で苫小牧駅へ行き、レンタカーで襟裳岬灯台を目指す。苫小牧駅に戻ったら鉄道で札幌駅へ移動して宿泊する。

4日目は路線バスで神威岬灯台を目指す。その後は路線バスで小樽駅へ移動して観光と宿泊。最終日の5日目は、札幌駅経由で新千歳空港へ移動。松本空港から松本駅に着くのは午後5時頃だから、私はイケちゃんのウチにお泊まりして翌朝に帰ります。

どっちのパターンが良いか聞かせてちょうだい。じゃあ、よろしく！

お姉さんより

メール内容を入念にチェックすると、後者には時間的な余裕があるという気がした。4泊5日で4ヶ所の灯台めぐり。函館山からの夜景と札幌市内観光、そして小樽運河などを楽しめるなら申し分なさそうだ。鉄道、航空機、路線バス、レンタカーを利用する旅……いつもの2倍くらいの旅費がかかりそうだけど、ワクワク感で何も気にならない。お姉さんに返信のメールを送信する。


お姉さん、こんばんは。まずは行程のパターンについての感想です。

函館→室蘭→札幌→小樽のルートが良いと思います。小樽運河での観光に余裕があるのが決め手かな……結構費用がかかりそうなので、宿泊施設はベーシックで良いと思います。では、これでお願いします。

彼の件ですが……彼が私からの条件を理解してくれたので正式にお付き合いすることになりました。もちろん手もつなぎましたよ！

そろそろ色ボケしそうな妹分より

メールを送信した数分後、お姉さんから電話がかかってきた。

「イケちゃん、メール読んだよ。今は大丈夫かな？」

「うん、大丈夫だけど……」

「良かったじゃない。手をつないだのね……なんだかホッとしちゃった」

「ホッとしたって……どういうこと？」

「だってさ、私が変なことを言ったせいでダメになったらって心配してたんだよ」

「彼は大丈夫だよって言ってくれた。とってもやさしいの……」

「すんなり話せたの？」

「たぶんだけど、お姉さんが彼に言った時と同じです」

「ああ、ずるいよ。でもさ、お互いに理解のある人で良かったわね」

「あのね、彼に言っちゃったの……いつかお姉さんを紹介するって」

「そうなんだ。私もイケちゃんのことを彼に紹介したいな」

「じゃあ、いつかダブルデートしようよ」

「高校生じゃあるまいし……でも楽しそうね」

いつも通りのやり取りの後で、旅行についての話題に移る。

「それよりも行程だけど、結局どっちになるの？」

「ゆっくりスタートして早めにゴール……イケちゃんが言っていたルートに決めたわ」

「わあ、良かった。予約することが多いよね……任せても大丈夫？」

「航空機の早割チケットとホテルの早割予約か……頑張ってみる。そうだ、鉄道や路線バスのお得情報があったら教えてね」

「うん、調べておく。ねえ、お姉さんの次のデートは決まっているの？」

「やっぱり聞くんだ……」

「だって話したいんでしょ。そうじゃなければ電話してこないと思ったりして……」

「鋭いね。実は明後日だけど、ドライブするのよ」

「どこへ行くのかな……もう決めているの？」

「わからない。彼に任せているから……当日までのお楽しみ」

「日帰り？　それとも……」

「やめてよ、恥ずかしいじゃない」

イケちゃんのツッコミに、お姉さんは乙女《おとめ》になっている。


「えっ、お姉さんでも恥ずかしいんだ。でも成り行きでいいのかも」

「そうだよね」

「今度会ったら、チューくらいはするのかな？」

「イケちゃんとさ、こういう会話ができるようになったんだね……」

「どうしたのよ……しみじみとしちゃって」

「イケちゃんがさ、私が結婚するとかなんとか言って大騒ぎしていたこと……ねえ、覚えてる？」

「はい、覚えています。アレは無茶苦茶でしたね」

「あの頃と今を比べるとさ、なんだかんだで平和な気がするわ」

お姉さんは、数ヶ月前の夜のことを思い出している。

「ダメですよ……油断しちゃ」

イケちゃんが予想外のことを言い出したので、お姉さんはスマホを持ち替えて話し出す。

「えっ、どういうこと……浮かれるなってことかしら？」

「よくわかんないけど、旅行も恋愛も手を抜かないことかな」

「そうよね。旅行は計画的に、恋愛は自分に正直に……これで決まり！」

「じゃあ、旅程表が完成したらメールで知らせてね。おやすみなさい」

「はい、おやすみ」


通話を終えたお姉さんは、楽しそうに話すイケちゃんの声を聞いて安心した。とりあえずは、航空機のチケット手配が最優先と思い取りかかる。

およそ1時間後に、早割チケットの予約が完了した。ホテルの予約は明日にしようと決めて寝る。

ベッドに横たわると、明後日のデートのことで頭の中がモヤモヤする。

『こんな調子で毎度毎度ドキドキするのだろうか……』

そんなふうに思っていたら、カラダが熱くなってなかなか眠れない。ベッドから出てトイレを済ませてから冷蔵庫を開け、麦茶のペットボトルを取り出してコップに注ぐ。少しだけクールダウンしたので、イヤホンをつけてお気に入りの音楽を聴きながら眠ることにした。

お姉さんのデートの日、車に乗ると津田が問いかけてきた。

「渚さん、どこか行きたい場所はありますか？」

「えっ、急に言われても……津田さんは決めていないの？」

「帰る時間や門限とかを聞いていないから、会ってから決めようかなって」

「門限ですか……特にないですけど……」

「遠い場所まで行って遅くなったとしたら、泊まりになってもいいの？」

「泊まりですか……本気で言ってます？」

「俺は明日も休みなんです。渚さんは？」

「休もうと思えば休めますけど、泊まるなら事前に言ってほしいわ」

「事前に言えば泊まりはオッケーだったんですね。今からでも良いですか？」

調子の良いことを言っているが、津田の戦略なのかという気がしている。

◇

ドライブデートが始まるタイミングで、いきなり難題に直面したお姉さんは頭の中が混乱するかと思っていたが……そうでもなかった。

「ねえ、津田さん。泊まりが確定したわけではないけれど、ちょっと荷物を取りに戻りますから、ここで待っていてくれる?」

津田が無言でうなずくと、お姉さんは車を降りてウチに戻った。

部屋に戻ると小さめの旅行カバンを押し入れから取り出し、必要なモノを入れてから、すぐに出て車に戻る。

「お待たせ……」

そう言って車に乗ると津田が言う。

「忘れ物はありませんか?……出発しますよ」

「これって津田さんの作戦なのかしら?」

お姉さんは、気になっていたことを問いかけてみた。

「考えすぎですよ。でも、渚さんが戻ってきてくれて良かったです」

「何それ……私が怒ったりして戻ってこないかもって思っていたの?」

「どうでしょう……さあ、うみを見に行きましょう!」

「海か……どこの海?」

「それは着いてからのお楽しみです」

エンジンをかけると、カーナビをセットせずにスタートした。

平湯《ひらゆ》峠から平湯インターチェンジを通過して松本インターチェンジを経由する……さらに、甲府南インターチェンジへ進み精進《しょうじ》ブルーラインを南下して本栖湖《もとす》の湖畔に着いた。食事タイムを加算すると約5時間かかっている。

「はい到着です。ここが本栖湖ですよ」

「やっと着いたのね。まだ明るいのに、もう夕方の5時か……そうか、海じゃなくて湖なのね」

「旧五千円札に描かれていた場所だよ。知ってます?」

「まあ、なんとなく……とりあえず散歩しましょう!」

お姉さんが歩き出すと、津田は彼女の右手をつかんで歩き出した。


この時間は人が少ないが、キャンプ場はにぎわっているようだ。

「この後の予定は?」

散歩の会話中で、さり気なく聞いてみた。

「これから河口湖にあるコテージへ向かいます」

「コテージ? 本当に泊まる気なのね。予約とかしてあるの?」

「はい。ランチの時にこっそりと……」

「正直なのね。コテージってことは一緒の部屋だよね」

「渚さんとの初めての夜なので、俺なりに考えたシチュエーションです」

「そう言われちゃうとさ、行くしかないよね……今さら、じらしたりする年齢じゃないものね」

「渚さん、年齢は関係ないです。俺が渚さんをもっと知りたいから……」

「私もあなたのことを知りたい。だから、今夜は素敵な夜にしたいわ」

「はい、頑張ります！」

津田が笑いながら言うので、お姉さんは思わず津田の脇腹を突っついたりした。


およそ1時間後、ショッピングをしてから河口湖のコテージにチェックイン。二人で食事の準備をして、カシスソーダを飲みながら話をする。しばらくして、お姉さんが言った。

「私が先にお風呂に入ってもいいかしら？」

「どうぞ、お先に」

「念のため言っておくわ。入浴中に入ってきたら殺すわよ！」

笑いながら言っているので、津田も苦笑いで返した。


テーブルの上を片づけて、明日の予定を考えながらぼんやりとスマホの操作を始める。スマホに集中していると、声をかけられて声がしたほうを見ると……少し濡れたままの髪をした、バスタオル姿のお姉さんが立っていた。そして、彼女を見たまま口を開けている津田に向かってひと言。

「何を見とれているの。抱きついたりしないでよ。はい、お風呂どうぞ……」

お姉さんは今の心境を悟られたくなくて、余裕がありそうな態度をしていた。

「はい。では風呂に入ります！」

津田が浴室に入ると、お姉さんは椅子に座ってミネラルウォーターを飲む。

『ああ、ドキドキした。こんな気持ちって何年ぶりかしら……』

そんなことを考えていると、やっぱり自分は年をとったと自覚してしまう。この後の展開は流れに任せようと思いベッドに横たわった。


10分くらいして浴室を出た津田が寝室に入る。お姉さんの顔を見ると目を閉じているので、寝ているのかもしれないと思った。

「渚さん、隣に行きますよ」

津田が声をかけても返事がない。本当に寝ているのだろうか……。冷蔵庫を開けてミネラルウォーターを半分くらい飲み再び寝室に戻る。

今度は声をかけず黙って彼女の隣に寝て顔を見ると……一瞬だけ目を開けたので起きているとわかった。津田は顔を近づけると、初めてのキスをしながらお姉さんを抱き寄せた。


それから約1時間後、二人は親密な関係になった。

「またシャワー浴びないとね」

津田が小声でつぶやくと、お姉さんも小声で言う。

「今度は、お先にどうぞ……」

津田は無言でうなずくと、バスタオルを肩にかけて浴室へ向かった。お姉さんは、久しぶりに感じた肌のぬくもりと心地よい脱力感で動けない。喉がカラカラに乾いているのは……声を出し過ぎたせいだと思い恥ずかしくなった。


「シャワーどうぞ」

津田の声がしたので、カラダにバスタオルを巻いて浴室へ向かう。シャワーを浴びて居間に戻ると津田が言った。

「星空を見ようよ」

二人は部屋の明かりを消して窓際へ行ったが、思っていたほどの星空ではなかった。

「あら残念。フラワームーンだから明るくて星が見えないわ」

「フラワームーンって何？」

「アメリカの先住民族が、さまざまな花が開花する時期なので5月の満月をフラワームーンって呼んでいたらしいわ」

「へえ、そうなんだ。じゃあ6月の満月は何て呼ぶの？」

「全部は知らないけど6月は覚えている……ストロベリームーンよ」

「渚さんは物知りなんですね」

「そんなのはどうでもいいから……ねえ、ワインを飲みましょうよ」

「ワインでもいいけど、明日は勝沼ぶどう郷《きょう》へ行く予定です」

「えっ、そうなんだ。うれしいわ。ずっと前から行きたかったの」

「じゃあさ、今夜はスパークリングワインにしよう！」

津田が冷蔵庫からワインボトルを出してグラスに注ぐ。

「いつの間に買ったの？」

「さあ、覚えてないよ」

他愛《たわい》もない話で盛り上がり、午前0時を過ぎた頃に二人は眠りについた。

◇

翌朝はコーヒーとバゲットで朝食を済ませ、河口湖から北上して勝沼ぶどう郷へ直行した。

「車だから試飲はできないわよね」

「渚さんは試飲してください。俺はスイーツの試食をします」

お姉さんは何種類かのワインを試して、気に入ったワインを2種類購入した。それを見ていた津田が声をかける。

「もしかして、妹分の渚さんへのおみやげですか？」

「デート中におみやげなんて買うつもりはなかったけど、彼女のウチに泊まる時に持っていこうかなって……」

「本当に仲が良いんですね。今度の灯台めぐりはいつ頃ですか？」

「6月の下旬ですよ」

「どこへ行くのか聞いても良いかな？」

「いいですよ。北海道です。私も彼女も北海道は初めてなの」

「6月の北海道か……懐かしいな」

「俊彦さんは行ったことあるの？」

津田さんから俊彦さんに呼び方が変わったのは、お姉さんなりの心境の変化なのかもしれない。

「大学生の頃、貧乏旅行だけど北海道へ行ったことがある。観光地らしい場所には立ち寄らず、牧場とか景色ばっかり見ていたよ……もう、10年くらい前だね」

「のどかな旅だったのね」

「青春18きっぷを使ってさ、各駅停車の列車に揺られて車窓を眺めていた。今思うと贅沢な時間の使い方をしていたのかもね。列車の窓を開けると乾いた風が腕に当たって気持ちがいいんだ。だから6月の北海道は最高だった！」

「ねえ、母恋駅の駅弁って知ってる？」

「ああ、知ってるよ。『母恋めし』は必ず食べてね。超オススメだよ」

「食べたことあるの？」

「うん、有名だからね。写真とか見た？」

「まだ見てないわ」

「だったら見ないほうがいい。実物を見た時のインパクトを楽しみにして！」

「何か特徴でもあるの？」

「母恋駅の『ぼこい』の由来は、ホッキ貝に関係するらしいよ」

「母恋駅で買えるのかな？」

「買えるけど、東室蘭駅の売店でも買えるよ」

「そうなんだ。貴重な情報、ありがとね」

ランチに名物のホウトウを食べて、1泊2日の幸せなデートが無事に終わった。

第 5 灯目

北海道に初上陸！

第5灯目　北海道に初上陸！

北海道旅行の前日、松本バスターミナルにお姉さんが到着した。

「お姉さん、こっちだよ！」

イケちゃんが、大きな声でお姉さんに呼びかけた。

「あっ、イケちゃん。こんばんは」

「信州そば……食べます？」

「もちろんよ」

二人は信州そばを堪能してからイケちゃんのウチへ向かった。


イケちゃんのウチに到着すると、すぐに家飲みが始まる。お姉さんはバッグから勝沼ぶどう郷で買ったワインを取り出してテーブルの上に置く。

「あら、珍しいワインね。甲州ワインか……これ、どうしたの？」

「彼とデートした時に買ったのよ」

「へえ、そうなの。勝沼までドライブしたのね」

「そうよ。最初は富士五湖で勝沼は次の日だよ」

「あのう、それって……お泊まりしたことを遠回しにアピールしてます？」

「あれっ、気づいちゃった？」

「チューしただけなんてことはないわよね……」

「ご想像にお任せします」

「おめでとう……良かったね」

「ここでさ『何が？』って言えないんだよね……ありがとさん！」

お姉さんは甲州ワインのボトルを開けてグラスに注ぎ、グラスを高々と上げてイケちゃんと見つめ合った。

「北海道旅行の前夜祭に乾杯！」

「お姉さんのステップアップにカンパイ！」


二人はワインを一口飲み、それぞれの感想を言う。

「お姉さん、これすごくおいしいよ」

「そうね、口当たりも新鮮ね。それよりさ、ステップアップって何よ」

「自分が一番わかっているんでしょ。ああ、うらやましいな」

「あなたもさ、彼とすればいいじゃない……」

「ああ、やっぱりしたんだ……でも私は当分先かもね」

「何でよ。流れに任せればいいじゃない」

「もうこの話はやめましょう。それよりさ、明日からの予定を聞かせて」

イケちゃんとしては、まだキスもしていない段階なので話すことがないのだ。

「そうよね。この話は旅行中にいくらでも話せるから、明日からの予定を確認しましょう。明日は松本駅を10時10分発の『あずさ18号』よ」

「羽田発14時40分発の航空機に搭乗して、16時に函館空港に到着よね」

「そして空港から函館駅へ移動してホテルにチェックイン。その後で函館山観光です」

「もうワクワクしちゃう。お天気は大丈夫かな？」

イケちゃんは早くも天気の心配をしている。

「気にしたって仕方がないわ。運を天に任せるだけよ」

「お姉さんってさ、そんなにポジティブ思考だったっけ？」

「イケちゃんほどじゃないけどね……」

二人は大笑いしながら旅行の最終チェックを続け、あっという間にワインボトルが空《から》になった。

「もう空っぽだから寝よう。明日は7時起きね」

「お姉さん、8時でも間に合うよ」

「あなたは8時でいいわよ。私は7時に起きてシャワーを浴びるから……」

「あ〜い。そうしてくらさ〜い」

イケちゃんは、ベッドに横たわって大きなアクビをした。

◇

少し早めに出発して、二人にとって待望の北海道旅行が始まった。道中は何ごともなく、定刻通りに函館空港に到着した。天気はというと、まあまあといった感じだ。

路線バスで函館駅へ移動して、駅前にあるホテルにチェックインする。部屋に荷物を置くと、すぐに函館山に向かった。

それから約1時間後、渚たちは夜景の写真を撮り終わって夜風に当たっていた。

「そろそろさ、お腹減らない？」

「お姉さんは何が食べたいの？」

それぞれ自分が食べたいモノを思い描いている。

「お姉さん、同時に食べたいモノを言いましょう……イチニーサン、ハイ！」

イケちゃんの変なかけ声に続いて、二人は同時に言い放つ。

「塩ラーメン！」

「海鮮丼！」

二人の要望は一致しなかった。

「両方は無理よね。どうするイケちゃん？」

「とりあえず市場まで行ってから決めようよ」

「そうね、そうしよう」


約30分後、渚たちは、通称ラッピと呼ばれている函館名物のレストランの前に立っていた。

「市場は終了でラーメン屋は定休日、だったらココ以外に選択肢はないよ」

渚たちは、チャイニーズ的なチキンバーガーと旨いコーヒーを堪能していた。


ホテルの客室に戻ると明日の予定を確認する。

「あのね、恵山岬灯台なんだけど、路線バスで行く予定をレンタカーに変更したの」

「お姉さんが決めたのならそれでいいよ。それが一番効率的なんでしょ」

「そうなの。路線バスだとさ、到着したバス停から灯台まで1時間以上も歩くのよ。往復するのを考えるとレンタカーが良いかと……往復バス運賃二人分との差は大したことはないのよ」

「いろいろな待ち時間もなくなるし、歩く距離が短いほうが楽よね。予約とかしたの？」

「もちろんよ。明日の8時にレンタカー屋へ行くわよ」

「ハイ。灯台の次は列車に乗るのよね」

「そうよ。函館本線を乗り継いで、室蘭駅に行って宿泊します」

「お姉さん、そろそろ函館の夜に乾杯しましょう」

「そうね。改めまして、北海道初上陸に乾杯！」

「カンパ〜イ！」

◇

翌朝、ホテルで朝食を済ませチェックアウト。レンタカー屋に行き小型車を借りた。

「さあ、カーナビをセットしたわよ。レッツゴー！」

「お姉さんのかけ声……旅をしているって感じるわ」

快適なドライブをして海岸線に出ると、そのまま道道《どうどう》231号線を東へ進む。

「イケちゃん、左側に白い灯台が見えてきたわよ！」

「あら、真っ白くてスタイリッシュね！」

道路脇に車を停めて、恵山岬灯台の撮影タイムが始まった。灯台周辺の遊歩道を歩きながら撮影スポットを探ると、時々強めの海風が頬を刺激する。大海原の景色を眺めると大声を出したい気分になってきた。

「もしかして叫びたいの？」

「お姉さんも叫びたくなった？」

渚たちは周囲を見渡してから両手を口元に寄せる。

「恵山岬、サイコー！」

イケちゃんが叫ぶと、お姉さんも続いた。

「北海道、サイコー！」

「いつものアレ、よろしく」

「ハイ、かしこまりました。日本の灯台50選に選ばれています。初点灯は1890年。約32キロメートル先まで明かりが届くそうです。コンクリート造りで高さは約19メートル。毎年11月に一般公開されるみたいよ」

「どうもありがとう。年に一度の一般公開は魅力的だけど、にぎやかすぎてのんびり観賞するには不向きかも……」

「私たちの場合は、景色と同じくらい雰囲気も大切なのよね」

「この灯台ってさ、他の灯台とはちょっと違うわね。まるで地面から伸びたタケノコみたいな感じがする」

「お姉さん、そのたとえは変よ。だけど言いたいことはわかる。大地に根差したカッコいい姿だね」

二人は、灯台に隣接する公園内を散策しながら写真を撮りまくる。一羽のカモメが、のんびり羽を休めていた。

「そろそろ函館駅に戻りましょうか。帰りはイケちゃんの運転だよ」

「海鮮丼と塩ラーメン……どっちにするか決めた？」

「札幌や小樽で何を食べるかも考慮しないとね」

「私よりもお姉さんが食いしん坊になっているよ」

「北海道は特別なの……イケちゃん、レッツゴー！」

函館駅に戻りレンタカーを返却。結局、列車の時刻が気になるので塩ラーメンに決定。函館本線の普通列車に乗り、列車のボックスシートに向かい合って腰かける。列車が走り出してイケちゃんが窓を開けると、さわやかな風が車内に入ってきた。しかし、列車の速度が上がると吹き込む風が強くなり、イケちゃんの髪はすごいことになった。その様子を見て、お姉さんは大笑いしている。

しばらくすると、車窓には大沼や雄大な北海道駒ヶ岳が見えた。長万部《おしゃまんべ》駅で室蘭本線に乗り換える。急ぐ旅ではないので普通列車の乗り継ぎで鉄道旅を楽しむ。

「普通列車から普通列車の乗り継ぎってさ、30分以上もあるのね」

「お姉さん……30分なんてまだマシよ。特急列車を基準にしているから仕方がないと思う」

駅のホームのベンチに座って列車の到着を待つ。

「そうだ、彼が大学生の時に青春18きっぷを使って北海道を旅したそうよ。6月の北海道は最高だった……そんな話をしてくれたの」

「何が最高なの？」

「イケちゃんはさ、もう体感したんじゃないの……」

「もしかしてだけど、列車の窓から吹き込む風のこと？」

「そうよ、大正解！」

「髪がボサボサになったけど、乾いた風だったから気持ちよかったよ」

「次は私が風を浴びるわよ」

「今度は、お姉さんが進行方向に向かって座ってね」

室蘭本線の列車に乗車すると、お姉さんは進行方向に向かってシートの窓際に座った。

「さあ、風を感じるわよ」

そう言って、窓を半分くらい開けた。列車の速度が上がるにつれて目を細めている。

「気持ちいいけど……息ができないわ」

お姉さんは窓を少し下ろして、ホッとした顔をしている。


「お姉さん、秘境《ひきょう》駅って知ってる?」

「何かの雑誌で見たかも……でもわからないわ」

「もうすぐね、秘境駅ランキングで第1位の駅に着くの……ワクワクする」

「秘境駅って怖い所なのかな?」

「さあ、着いてみないとわかりません」

長万部駅を出発してから約15分後、「次は小幌《こぼろ》です」と車内アナウンスが流れた。長いトンネルを抜けてすぐに列車が停車した。乗客の数名が何かを撮影している。それを見ていたイケちゃんは、急いでカメラを構えて写真を撮った。

「何を撮影したの?」

お姉さんのノンキな問いかけにイケちゃんが即答する。

「駅名標よ。自分とのツーショットを撮れば到達証明書がもらえるらしいよ」

短いホームを見渡すと、マニアらしき人が写真を撮っていた。

「こんな場所にどうして駅があるの？」

お姉さんが素朴な疑問を言ったので、イケちゃんが検索を始めた。

「昔は機関車を停止させる場所だったそうよ。今は観光資源として豊浦町《とようら》が管理しているらしいわ」

イケちゃん情報を聞いて、お姉さんは満足げな表情で言う。

「つまり、ここも立派な観光名所ってことなのね！」

「さあ、列車の最後部へ行きましょう！」

イケちゃんに促されて、お姉さんはカメラを手にして移動する。列車が走り出すと、列車の最後部からの様子を撮影しまくった。すぐに列車はトンネル内に入りプチ撮影会は終了。

「すごいアングルだったわね」

お姉さんは急にテンションが上がっている様子。

「楽しいね！」

イケちゃんがお姉さんを見ながら言うと、お姉さんはニッコリと微笑んでいた。

小幌駅から40分くらいした頃、イケちゃんがリサーチした情報を話し出す。

「もうすぐ北舟岡《ふなおか》駅です。線路のすぐ脇は砂浜や消波《しょうは》ブロックがあって、海が近い駅としてマニアの間では有名らしいわ。カメラのスタンバイをしましょう」

列車が北舟岡駅に入線する。想像以上に海が近い。

「夕日が沈む時刻には早すぎたけど、この景色はサイコーよ！」

今度はイケちゃんのテンションが上がっている。

「私たちには、この景色も観光スポットの一つになるのね。普通列車の旅って楽しいわ」

お姉さんの言葉を聞いて、イケちゃんは笑顔でうなずく。


東室蘭駅で室蘭本線の支線区間に乗り換えて、室蘭駅行きの電車に乗って室蘭駅に向かう。室蘭駅に到着するとホテルに直行した。客室に荷物を置いてから、ホテルの人に教えてもらった回転寿司屋で食事をした。ホテルに戻ると1時間くらい部屋飲みをする。

「明日の予定を確認するわよ」

「あ～い。ヨロシクで～す」

「朝8時にチェックアウトしてタクシーでチキウ岬灯台へ向かう。灯台を観賞したら徒歩で母恋駅へ移動よ。母恋駅の売店が9時半に開くから駅弁を買う。09時39分発の列車に乗って苫小牧駅へ……レンタカーに乗って襟裳岬灯台へ……苫小牧駅に戻ったら鉄道で札幌駅へ移動して宿泊する」

「タクシーとかレンタカーの手配は済んでるの？」

イケちゃんは、念のため聞いてみた。

「ご心配なく。もう忘れたりしませんよ」

今日も一緒の部屋なので、どちらかが眠くなるまで話が続いた。

◇

翌朝の6時に起きて、お姉さんはシャワーを浴びる。イケちゃんを起こしてから出発の準備をする。7時になりホテルの朝食を済ませ、チェックアウト後にロビーで待機。予約をしていたタクシーに乗り「チキウ岬灯台の展望台」と告げると、8分程度で到着した。

「この時間だと観光客はほとんどいないわね」

お姉さんがつぶやくと、そのまま階段を上がって展望エリアへ向かう。

「着いたね。あっ、灯台が下のほうに見えるよ」

「あらホント……珍しいパターンよね」

今までの灯台めぐりでは初めての体験である。

「お天気にも恵まれた。気分爽快！　それでは儀式を始めます」

「イケちゃんから言うのも珍しいパターンね」

貸し切り状態の展望エリアで、イケちゃんの声が響き渡る。

「チキウ岬灯台は白亜の八角形灯台です。初点灯は大正9年4月1日。光が到達する距離は……あれっ？　なんか変だよ！　28海里つまり52キロメートルだって。これじゃ、室戸岬灯台よりも遠くまで届くってことなの？」

いつもより大きめの声で言葉を発していたイケちゃんは、目を見開いたままお姉さんを見ている。

「他のサイトもチェックしてみたら」

「うん、チョット待ってね。24海里で44キロメートルって書いてある記事が多いわ。参観灯台を管理している組織の情報は44キロメートルになってる！」

「海上保安庁と連携している組織だから、その情報が正しいと思うよ」

お姉さんが、冷静かつ的確なジャッジをしている。

「ネットの情報って曖昧なことが多いよね。私たちが室戸岬灯台の情報を知っていたから疑問に感じたけれど、そうじゃない人にはそのまま受け入れられちゃうってことよね。不確かな情報を鵜《う》呑《の》みにして、それを新たな情報としてバラまいている。情報源の正確さを見抜く能力が必要な時代なのね」

灯台を見下ろしながら、イケちゃんにしては珍しく持論を語った。

「イケちゃん、すごいじゃない！　では、続きをお願い」

「最初に見たサイトはやめる。信用できないからね。別のサイトでチェックするよ。えっと、日本の灯台50選に選ばれていて、年に一度くらい一般公開されているそうです」

「どうもありがとう。じゃあ写真を撮りましょう！」

二人は灯台とのスリーショットをゲットしてから、展望エリアを歩き回って動画撮影もした。

チキウ岬灯台周辺を満喫したので、歩いて母恋駅を目指す。緩《ゆる》やかな下り坂が続いているので楽な道のりだった。母恋駅に到着すると売店の人が準備をしている。しばらくして売店の人から声をかけられた。

「駅弁ですか？」

「はい、二つお願いします」

お姉さんがこたえて代金を支払った。母恋駅の名物駅弁をゲットしたので、駅のホームへ移動して電車を待った。

「この駅弁の中身って知ってる？」

お姉さんの問いかけに、イケちゃんは首を横に振る。そして、スマホで検索しようとする。

「イケちゃん、待って！　食べる時までのお楽しみにしようよ」

「どうして？」

「彼が言ってたの。とてもインパクトのある駅弁なんだって」

「わかった。じゃあ、駅弁は襟裳岬で食べようね」

お姉さん情報を聞いて、『彼とは仲よしなのね』と、イケちゃんは思っていた。

苫小牧駅に到着してレンタカーを借りる。段取りが良いのでスムーズに進行している。

「今のところ順調だけど、こういう時こそ気を引き締めていきましょう！」

「わかりました。では、レッツゴー！」

「ダメよ。それは私が言うの！」

途中で小休止をしながら車を疾走《しっそう》させて、およそ3時間後に襟裳岬灯台に到着。

「車よりもバイクが多そうね」

「ホント。ねえ、早く灯台を見に行こうよ」

イケちゃんにせかされて移動する。しばらくして、お姉さんが海を眺めながら言う。

「ねえ、もっと先まで行けるみたいよ」

階段の下の先を見ると、下から上がってくる人たちが見えた。

「結構遠くまで続いているね。お姉さん、行ってみよう！」


渚たちは階段を下りながら先へと進む……灯台のほうを見ると断崖の地形がよく見える。立ち止まって何度かシャッターを押しながら進む。夢中で歩き続け、突端までたどり着いてしまった。すると、イケちゃんがスマホを見ながら言う。

「この先も小さな岩礁《がんしょう》が続いているみたい。日高山脈《ひだかさんみゃく》の延長だってさ」

「ねえ、あっちに長い昆布が干してあるわよ」

「あっ、アレって日高昆布なのかな？」

「ブランドはわからないけど、自然を感じるわね」

「そうね、岩礁も干している昆布も、私たちの普段の生活とは無縁だから……」

そう言いながら、イケちゃんは長い昆布の写真を撮る。

お姉さんのアイコンタクトで、イケちゃんがスマホ検索をする。

「それでは儀式を始めます。白亜の大型灯台で日本の灯台50選に選ばれています。初点灯は明治22年6月25日。光が到達する距離は約41キロメートル。ここは日高山脈襟裳国定公園です」

イケちゃんが言い終わると、渚たちの近くで手を叩く音が聞こえた。

「どうもありがとう。良い声をしてるわね」

年配の見知らぬご婦人から声をかけられた。

「あっ、聞いていらしたんですか。これって私たちの儀式なんです」

イケちゃんの代わりにお姉さんがこたえた。

「あら、そうなの。とっても素敵ね。灯台めぐりが趣味なのかしら？」

今度はイケちゃんがこたえた。

「今までに20ヶ所くらい訪問しました。それから、声を褒《ほ》めていただきありがとうございます」

「よろしかったら、写真を撮りましょうか？」

お姉さんが言うと、ご婦人が笑顔で話し出した。

「何かのご縁ですから、みんなで一緒に撮りましょうよ」

ご婦人からの素敵な提案があって、それぞれのデジカメでスリーショットを収めた。そして、お互いに会釈してから別れた。

灯台へ戻る道をのぼりながらイケちゃんが言う。

「駅弁はどこで食べようか……」

「そうだった、すっかり忘れていたわ。車に戻ったら食べましょう」

時間をかけてゆっくり階段を上がる。駐車場に戻ってきた時は、じんわり汗をかいていた。自動販売機で冷たいお茶を買い、車の中に入って駅弁を開いた。

「わあ、かわいいお弁当！」

「大きい貝殻が入ってるよ」

「中身が個別包装って斬新よね」

「どれから食べようか……迷っちゃうな」

「燻製《くんせい》タマゴは後にしよっと」

「そうよね。やっぱり最初はおにぎりよ」

「いっただきま～す！」

「はい、いただきましょう」

「おっ、ナスの漬物がおいしいわ」

「ホッキ貝の歯ごたえが最高よ！」

言いたいことを好き勝手に言いながら食事を続ける。

途中から二人は無言で食べていた。すると突然、お姉さんが声を出す。

「この燻製チーズ、とってもおいしい。何の香りだろう……」

それを聞いたイケちゃんは、自分も一口食べてから検索する。

「わかったよ。りんごのチップで燻製しているみたい」

駅弁を食べ終わると、イケちゃんがつぶやく。

「素晴らしい駅弁だったね」

駅弁の余韻に浸りながら、お姉さんもつぶやく。

「そうね、これは旅の思い出になるわ！」

◇

食後のひと時、イケちゃんは北海道マップを見ている。

「あのさ、お姉さん。幸福駅って知ってる？」

「帯広駅の下かな。十勝《とかち》平野の南側にあるよ。昭和時代の観光名所だよね」

「広尾国道って平坦で坂がなさそうね……寄り道できないかな」

「ねえ、イケちゃんは伊達《だて》紋別《もんべつ》駅の駅名の由来って知ってる？」

「なによ急に……伊達《だて》政宗《まさむね》公《こう》に関係があるって言いたいの？」

「なんだ、知ってたの。政宗公の家来の末裔《まつえい》が入植したからだって……」

「ふ～ん、そうなんだ……ああ、やっぱり寄り道は無理だね。そろそろ出発しましょう」

食事休憩を終えて、今度はイケちゃんの運転で苫小牧駅へ戻る。

来た時の道を忠実に戻り、苫小牧駅に着いた頃には日が暮れていた。通勤通学の乗客で混雑しそうなので、札幌駅へ向かうのは特急列車にしようと考えていた。

そのつもりだったが、「節約すれば食費が浮く！」の精神で普通電車の千歳線に乗り込む。それなりの混雑を体感して、午後9時頃、ようやく札幌駅に到着。

「なんだか疲れちゃったね」

「ホテルに着くまでは気を抜かないでよ」

ホスト役だからなのか、今回のお姉さんは少々口うるさい……そんなふうにイケちゃんは感じているが、言われた通りシャキッとする。札幌駅の外に出ると、大都会に来た気分になる。

「札幌ってスゴイね！」

「なんだか圧倒されちゃうわ！」

ホテルにチェックインして客室に入ると、二人ともベッドに倒れ込んだ。

「ねえ、食事どうする？」

「お姉さん、もしかしてノープランなの？」

「ごめん。イケちゃんが考えてよ」

「あのね。実は行きたい場所があるの……いいかな？」

「いいよ。ここから近いの？」

「まあね。じゃあ行こう！」


渚たちがホテルを出て5分くらい歩くと、オレンジ色の看板が見えた。

「あれよ！」

「えっ、もしかしてコンビニ？」

「Sマートよ。温かいお弁当が食べたいの」

「Sマートって有名なの？」

「何言ってるの、北海道には1000以上も店舗があるのよ」

「へえ、何が売られているの？」

そんな会話をしながら店内に入り、お弁当コーナーの前でイケちゃんがつぶやく。

「カツ丼と豚丼、どっちにしようかな？」

「私は冷やし中華が食べたいわ」

「お姉さん、トマトサラダがとってもおいしそう」

すると、お姉さんはお弁当コーナーから離れていった。

「どうしたの……」

そう言いながらイケちゃんがついていくと、ワインコーナーを見てお姉さんが言った。

「パラダイスだわ。見たこともないワインがいっぱいあるのね！」

お姉さんはワインボトルを1本ずつ手に取り、ラベルを凝視《ぎょうし》していた。

ワイン選びをお姉さんに任せて、イケちゃんは惣菜《そうざい》パンのあるコーナーへ向かう。

「あった！　ちくわパン。明太《めんたい》マヨ味か……2個買っちゃお」

イケちゃんが再びお姉さんと合流すると、お姉さんの買い物カゴにはワインが3本入っていた。

「さあ会計しましょう」

イケちゃんは豚丼とトマトサラダをカゴに入れて清算する。店を出るとお姉さんが言った。

「コンビニで5000円以上の会計なんて初めてだわ」

「ワインを3本も買えば当然じゃない。でもさ、結構安かったよね」

「そうね。どれもお値打ちというかお得感があったわ」

「私たちにとっては、Sマートも観光スポットだったね」

イケちゃんの言葉にお姉さんは笑いながらうなずいた。


客室で食事をしてワインを飲んでいると、二人とも眠くなってきた。

「お姉さん、もう寝たいです」

「運転疲れとかで私も眠いわ。明日は7時に起きようね」

「うん、わかった。おやすみ」

「化粧落とさなくっていいの？」

「うん、もう限界。お姉さんは落としたほうが良いよ……」

そう言い残してイケちゃんは寝息をたてた。お姉さんはチョットだけムッとしたが、言われた通り洗面所で化粧を落としてから寝た。

◇

翌朝はホテルで朝食を済ませてからチェックアウト。札幌駅まで移動してから、バスの乗り場を探す。チケットを買ってからしゃこたん号というバスに乗り込んだ。しばらくして、札幌駅前バスターミナルから3時間以上もかかるとわかった。

「私は酔い止め薬を飲むけど、お姉さんも飲む？」

「そうね、私にもちょうだい」

万全の備えをして、今旅では最後となる灯台めぐりを開始する。小樽駅と余市《よいち》駅を経由して、神威岬バス停に着いた。すでに正午を過ぎている。

「やっと着いたわ！」

バスから降りると、イケちゃんは両手を上げて大きく伸びをした。

「酔い止め薬を飲んでおいて良かった。本当に長かったわ」

お姉さんも少しだけ伸びをした。レストハウス内に入り荷物を預ける。

「トイレに行ってから灯台めぐりよ」

「トイレに行っておかないと大変なことになるってネット情報に書いてあったよね」

イケちゃんは小声で言ってから、お姉さんよりも先にトイレへ向かった。

灯台へ行く入り口には清掃協力金を入れる箱があり、左上には監視カメラがある。

「お一人様100円以上って書いてあるよ」

「二人で200円ってことよね」

お姉さんはイケちゃんの分と合わせてお金を箱に入れた。

「さあ、レッツゴー！」

お姉さんのかけ声で始動する。しばらく進むと『女人《にょにん》禁制の門』があった。

「昔は女性が入れない場所だったのね」

イケちゃんがつぶやくと、お姉さんは前方に続く道を見て絶句している様子。


チャレンカの道と呼ばれる遊歩道を進むと、渚たちは大自然を肌で感じる。駐車場から約20分かけて神威岬灯台にたどり着いた。

「到着しました！」

イケちゃんがハイテンション気味に言うと、お姉さんは呼吸を整えながら灯台を見上げていた。灯台から先も道は続いていて、岬の突端には観光客が大勢いる。

「儀式は後にする？」

イケちゃんの言葉にお姉さんがうなずく。水分補給をしてから岬の突端へ移動。岩場越しに海を見下ろすと、透き通った青い海が見える。スマホ検索をしながらイケちゃんがしゃべる。

「お姉さん、あれってシャコタンブルーって呼ぶらしいよ」

「海底の石が見える所……その一帯がブルーに見えるわ」

「沖のほうに見えるのがカムイ岩で、別名が『ローソク岩』だって書いてあるよ」

「あの岩のテッペンに太陽が重なると蝋燭《ろうそく》みたいになるのよね」

「そうよ、よくご存じで……」

「旅の計画を立てている時に、なんとなく読んだだけよ」

ツーショットや動画撮影の後で、灯台を見上げながら恒例の儀式を始める。

「神威岬灯台の初点灯は、明治21年8月25日。光が届く距離は約39キロメートル。現存する北海道灯台の中で5番目に古い灯台だって……過去に2回改修しているそうよ。最後に、この一帯はニセコ積丹《しゃこたん》小樽《おたる》海岸国定公園です」

「はい、どうもありがとう。私が見ていたサイトの記事は初点灯が明治25年になっているわ。やっぱりさ……注意してチェックしないと正確な情報は得られないのね」

ホスト役としてのお姉さんは、口うるさいだけじゃなく記憶力やコメントも鋭いかもしれない……

それが、今旅におけるイケちゃんの印象である。

灯台をバックにしたツーショットを収めると、遊歩道をのんびり歩いて引き返す。

「すごい景色だわ！」

「ホント、灯台へ向かう時は気づかなかったけど、神威岬って大絶景だね！」

そう言いながら、イケちゃんはお姉さんのお尻のアップを撮影している。

「ちょっと、変な写真撮らないでよね」

「私の寝顔を勝手に撮っていた人がさ、そんなこと言えるのかしら？」

イケちゃんの正論？に、お姉さんは言葉が出てこない。


駐車場に戻ると預けておいた荷物を受け取る。路線バスの時刻までは余裕がある。

「お姉さん、パン食べる？」

「そうね、ちょっと小腹が空いたかも」

イケちゃんが、昨晩に買った明太マヨ味のちくわパンを渡す。

「明太マヨ味か……いただきます」

「私も、食べよっと」

お互いに特に感想も言わず、黙々と食べている。

「あ～おいしかった。クセになりそうな味だったわ」

そう言って、お姉さんは満足そうな表情をしていた。

「クセになりそうだけど……ねえ、アレが食べたいな」

壁に貼られたポスターを指差してイケちゃんが言い、お姉さんが反応する。

「えっ何？　シャコタンブルーソフト……いいね、食べよう！」

ソフトクリームを注文する。手渡されたソフトクリームの色を見てイケちゃんは何か言いたそうな顔をしている。ポスターよりも色が薄いと感じているのかもしれない。


路線バスに乗って2時間余りが経過……午後6時頃に小樽駅前に到着した。

「やっと着いたね。酔い止め薬を飲んでないけど気分は大丈夫だったの？」

「えっ、そうよね。今の今まで気づかなかった。なんか平気みたいよ」

テンション高めのまま、予約しているホテルへ向かう。

「夕食はどうする？　市場内のお店は閉まっていたみたい。ホテルの人に海鮮丼が食べられるオススメの店を聞こうか？」

お姉さんの提案に、イケちゃんが反応する。

「そうだね。私が聞いてみるよ」

そう言うと、客室内の内線電話で問い合わせをする。後でフロントに立ち寄ってくださいと言われたようだ。数分後、フロントに行き地図が書かれたメモ用紙を受け取る。

「ありがとうございます」と、イケちゃんがお礼を言う。

「いってらっしゃいませ」と、お見送りの言葉をもらった。

昨晩に節約したことで、特急列車の指定席料金よりも安い価格で海鮮丼が食べられた。

「節約って大切よね」

「2000円でこのボリュームは、現地ならではだね！」

イケちゃんのテンションはマックスに近いようだ。食事を終えると、お店が並ぶ通りを散策してみる。閉店時間が近づいていてクローズの札が出ている店もある。おみやげは函館空港で買えるので、ガラス工房のショップをのぞいてから小樽運河沿いを見物してホテルに戻った。


「さあ、明日は最終日。ワインを飲みながら行程の確認をするよ！」

お姉さんのかけ声で部屋飲みが始まる。

「今回の旅は、部屋が別になることはなかったね」

「あら、私と一緒じゃ不満なの？」

「そんなことは言ってないよ。いろいろと節約とか考えた結果なんでしょ」

「まあね。初めての北海道だから、ずっと一緒が良いかなって！」

「うれしいよ、ありがとう。ねえ、明日は札幌で寄り道する時間ってある？」

「新千歳空港の出発は14時55分だから……」

「ちょっと待ってね。札幌駅を12時12分に出れば2時間前に着くよ」

イケちゃんが素早くスマホ検索をした。

「ホテルを8時に出れば、9時前に札幌駅に着くわね」

「テレビ塔の展望室へ行ったり、大通公園を散歩したいな」

イケちゃんの提案を聞くと、お姉さんもスマホで何かを検索してから言う。

「ねえ、このお店だったら11時からスープカレーが食べられるよ！」

「そうだ、忘れてた。スープカレーよ……お姉ちゃん、スゴイ！」

イケちゃんは興奮のあまり、久々にお姉ちゃんと言っている。今宵《こよい》も眠くなるまで二人は楽しいおしゃべりを続けていた。

◇

最終日の朝は、やや曇り空だ。札幌駅に到着すると、駅構内のコインロッカーに荷物を預け、身軽になってから散策を開始する。初夏の日差しが出てきたが、本州に比べればさわやかで気持ちがよい。テレビ塔や大通公園を楽しんだ後、スープカレーの店で食事をした。札幌駅に戻り新千歳空港方面へ向かう。空港に着いて所定の手続きが済み、おみやげコーナーに移動した。

「お姉さんは彼に何を買うの？」

「食べ物でいいわよ。定番のお菓子とかで充分でしょ」

「へえ、意外とアッサリしてるのね」

「彼の趣味がお取り寄せだって話したよね。ほしいモノは自分で手に入れると思うわ」

「そうか、定番でいいってことか。じゃあ私もバターサンドにしておこうかな」

彼と家族へのおみやげを買ってから、イケちゃんは自分用のおみやげを物色する。

「イケちゃんは自分用に何を買ったの？」

「かわいいシロクマのお菓子と夕張メロンのゼリー。お姉さんは何を買ったの？」

「小樽で見かけたフロマージュとね、あとは小樽の赤ワインと余市の白ワインよ」

荷物が増えたと言って笑っている二人にとって、初めての北海道は大満足の旅だった。


松本空港に到着後、松本バスターミナル経由でイケちゃんのウチに無事到着。

「今夜の打ち上げは何飲む？」

「お姉さんはワインじゃなくてもいいの？」

「毎日がワイン三昧《ざんまい》だったから、今日くらいは別の飲み物がいいわ」

「じゃあさ、カクテルにしようよ」

スーパーに行き、缶のサワーやツマミを調達。家飲みが始まり乾杯をすると、初めての北海道について感想を言い合っていたが、ほろ酔い加減になると、お互いに彼の話になった。

「イケちゃんはさ、彼とは結婚する気はあるの？」

「えっ、急に何言ってるの。まだわかんない！」

「そんなことを言っていられるのも今のうちよ」

「お姉さんは彼からのプロポーズ待ちなんでしょ」

イケちゃんに言われてお姉さんは小さくうなずく。しばし沈黙の後、イケちゃんがつぶやく。

「ねえ、お姉さんの彼に会ってみたいな」

「会ってどうするの？」

「わかんないけど、どんな人なのか話してみたい。私の彼と同年齢みたいだから何かの参考になれば良いなって……」

「会わせてあげてもいいけど、私の彼を誘惑しないでよ！」

「するわけないでしょ。そうだ、彼の写真ってあるの？」

「ごめん、ないのよ。彼って写真を撮られるのは好きじゃないタイプかも」

「そうなんだ。実は私も彼の写真を撮っていないの。正式に付き合うことになったから、次にデートしたらトライしてみるね」

その後は次の灯台めぐりについての話をしていたが、普段は飲まないサワーなので酔いが回りすぎてしまい二人とも限界を迎えた。

第 6 灯目

恋のトラブル発生！彼の疑惑は本当なの？

第6灯目　恋のトラブル発生！　彼の疑惑は本当なの？

北海道旅行が終わった翌日、アルプスライナーの始発でお姉さんは帰っていった。イケちゃんは松原にメールを送ってから、たまっていた家事をこなした。その日の夕方に松原から電話があった。

「渚さん、おかえり！」

「あっ、ただいま」

「今大丈夫かな？」

「ハイ、大丈夫です」

「次の日曜日に会えますか？」

「ゴメン、仕事なの……その次の日曜日は休みよ」

「じゃあ、再来週の日曜日にデートしよう！」

「ハイ。旅行のおみやげ持っていくね」

軽いノリの会話が続き、松原がデートプランについて話し出した。

「どこか行きたい所ってある？」

「どこでもいいって言うとさ、男の人って困るんでしょ？」

「うん、まあね。行ってみたい所……急には無理だよね」

「あるよ。軽井沢に行ってみたいな」

「わかった。リサーチしておくよ」

「デートの前日に電話します」

「うん。それじゃ、またね」

久しぶりに彼女の声を聞けたが、ほんの数分で電話が終わってしまった。もっと長く話がしたかったが、今は焦らずこのペースで良いと松原は思っている。

◇

イケちゃんは松原との軽井沢デートで、ようやくツーショットを撮った。しかし松原とのファーストキスはなかった。イケちゃん自身が奥手だと自覚しているが、それ以上に彼のほうが奥手だと感じてしまう。誠実な印象は変わらないが慎重すぎても困る。自分からきっかけを作れたらいいのだけれど、やっぱり彼からのアプローチに期待したい気持ちがある。

自宅に帰ってからスマホの待ち受け画面にしてみた。少し照れくさい気もするが、なんとなくオトナの青春をしている感じがした。

北海道旅行のおみやげを渡すという口実で、お姉さんは津田とデートをしていた。会話の流れで、妹分の渚が会いたがっていると話した。

するととん、今度のデートの時に松本で会うことにしようという話になった。数日後、お姉さんはイケちゃんへメールを送る。

イケちゃん、元気にしてる？　今度さ、彼とのデートで松本へ行くかも。その時に彼と会わせてもいいわよ。一緒に信州そばを食べよう！　平日で都合の良い日があれば教えてね。
じゃあ、よろしく。
お姉さんより

お姉さんからのシンプルなメールを見て、イケちゃんは自分の出勤予定表を確認し、都合が良い日をいくつか選んで返信した。その数日後、松本で会う日時を伝えるメールが届いた。

◇

◇

お姉さんたちと会う日になった。イケちゃんが待ち合わせ場所に向かって歩いていると、遠くのほうで歩いているお姉さんが見えた。その隣には彼らしき人がいる。さらに近づくと彼の顔が確認できた……その瞬間、イケちゃんの足が止まった。

『ちょっと待ってよ……えっ、いったいどういうこと？』

頭の中が混乱してしまい、冷静になろうとしても気持ちが落ち着かない。とりあえず、お姉さんへショートメールを送信した。

ごめんなさい。急用ができたので行けません。また連絡します

メールを送信した後、お姉さんから電話がかかってきたらどうしようかと不安になる。しばらくして、お姉さんからショートメールが届いた。

あら、ドタキャンなんて……残念だわ。また今度ね

イケちゃんはメールを読んでホッとした。お姉さんが彼と手をつないで歩いている様子を見届けて自宅に戻った。

『お姉さんと一緒にいた人……アレって松原君だった？　見間違いじゃないよね』

自問自答してから、松原が今どこにいるか聞いてみたい……そう思いスマホを手にする。しかし電

話をする勇気よりも不安のほうが大きい。

『お姉さんの彼の名前は津田って言ってたけど……名字を変えて二股《ふたまた》しているってことはないよね』

疑心暗鬼《ぎしんあんき》になり、何でもないようなことまで気になってきた。

『お姉さんの彼の実家が松本って……偶然なのかしら？』

そして、些細《ささい》なことが疑問に思えてくる。

『お姉さんは、彼に私の名字を伝えているのかな？』

もし伝えていたら松本で会おうなんて言わないハズだ。いろいろと考えているうちに、イケちゃんは根本的なことに気づいてしまった。10年以上も私を思い続けていてくれた松原が、二股をする人ではないということ……。

『きっと、私の見間違いに決まってる』

自分にとって都合のいいように考えたいけど、もしかしたら本当に松原なのかもしれないという考えを消し去ることができなかった。家にいても職場でも、ふとした時にアノ光景が頭に浮かぶ。仕事が手につかなくなる時があり、職場の先輩から注意されたりもした。

◇

9月になった。イケちゃんは松原とは定期的に会ってデートしている。二股疑惑は解決していないけれど、松原の様子に変化はなく今まで通りに接してくれている。イケちゃんとしては、そのように感じているが、手をつなぐだけでそれ以上の関係にはなっていない。

次の灯台めぐりの予定を考えたいが、そんな気分にはなれそうもない状況だ。お姉さんにメールを送信しようかと迷うが、とりあえずはこの前のお詫びをしようと考えた。


お姉さん、ちょっとだけお久しぶりです。この前はドタキャンをしてしまい、本当にごめんなさい。お姉さんは、彼との交際は順調ですか？　私のほうは、報告できるようなことは何もありません。次の灯台めぐりについてですが、良いアイデアが出てこなくてまだ時間がかかりそうです。9月の下旬に旅行したいと思いますが、もうしばらくお待ちください。

ちょっぴり奥手で慎重派の妹分より

お姉さんにメールを送ったが返信がこない。

『忙しいのかな。本当はドタキャンしたこと……怒っていたりして……それとも何か別の理由があるのかな』

それから数日しても返信がないので、イケちゃんは電話をしてみることにした。

「お姉さん、こんばんは。今、話せる？」

「うん。大丈夫だよ。どうした？」

「あのう、メール送ったんだけど……」

「読んだよ」

「返信がないから……ちょっと気になって」

「ごめん。ちょっと忙しくって忘れてた」

イケちゃんは、お姉さんの口調がいつもとは違うと感じていた。

「彼とは順調？」

「まあね。イケちゃんは？」

「順調なのかどうかわからないの……」

「付き合い始めなんてそんなものよ」

「ねえ、お姉さんは彼と会っている時ってどんな話をしているの？」

「私のことなんて聞いてどうするのよ。今はヒミツにしておくわ」

「冷たいよ。自分でなんとかしろってことなの？」

「さあね。恋愛に正解なんてないんだから……お好きにどうぞ」

「もしかして、ドタキャンしたこと……本当は怒ってます？」

「別に。あっ、ごめん。もうすぐ彼から連絡がくる時間なの。じゃあ、またね」

そう告げると、通話が切れた。電話したタイミングが良くなかったのかもしれないけど、いつものお姉さんじゃなかった。何か隠し事でもしているみたいで、ものすごくそっけなかった。今の彼に夢中だとしても、少しくらいはやさしく接してほしかったと思う。

お姉さんから言われた「恋愛に正解なんてないんだから」という言葉を思い出す。お姉さんからアドバイスをもらったところで、松原との関係が大きく進展することはないと思う。

イケちゃんは自分が取り残されている気がしてつらい。自力で頑張るしかないけど、お姉さんみたいに幸せ気分になりたいと思っている。

◇

何日もかかって次の旅行のプランがまとまった。北海道と四国の両方を考えたが、とりあえず北海道のプランだけをお姉さんに伝えることにしてメールを送信したが、返信が来たのは二日後だった。


イケちゃん、お元気かしら。次の旅行は北海道なのね。いいんじゃない……賛成よ。

秋の八幡祭が10月9日からだから問題なし。要望は特にないから進めちゃっていいわよ。

それじゃ、よろしく。

幸せ太りが心配な……お姉さんでした

お姉さんからの返信メールを読んでイケちゃんはがっかりした。今までのようにリクエストがあればと期待していたが、これでは一方通行の内容になっている。本当はダブルデートの提案もしたかったのに、それを伝えるタイミングもない。私と一緒に行く旅行に興味がなくなっちゃったのかな……

旅行先でリフレッシュをして、気分を変えたいと思っているのに……。

イケちゃんは松原との関係よりも、今のお姉さんとの関係をなんとかしたいと思っている。次の旅行は北海道で決まり……という雰囲気なので、四国のプランは伝える必要がなくなった。

改めて詳細な行程を組み、必要な手続きを済ませた。仕上がった旅程表をお姉さんにメールで伝えたが、お姉さんからの返信メールは今度もそっけなかった。

◇

旅行の数日前の夜になって、お姉さんから電話がかかってきた。

「イケちゃん、こんばんは。今は大丈夫かな？」

「こんばんは。大丈夫よ……どうかしたの？」

「あのさ、どうして成田空港なの？」

「やっぱり聞くよね。実は格安航空券を調べたら、羽田空港発より成田空港発のほうが安いことがわかったの。鉄道の運賃を差し引いても安かったの」

「なるほど、納得したわ。今度もイケちゃんのウチにお泊まりするパターンだよね」

「お姉さん、何時頃に松本に着くの？」

「まだわかんない。もしかしたら彼に送ってもらえるかも……なんちゃって！」

「うらやましいな。本当に楽しそうね」

「あら、イケちゃんは楽しくないの？」

お姉さんの問いかけが、旅行なのか恋愛のことなのか一瞬だけ迷う。

「えっ？　旅行は楽しみだよ」

「彼とは順調じゃないのかな？」

「お姉さんに話せるほどの進展はないよ」

「そうなの。松本に着いたら連絡するね」

「ハイ。それじゃあ……おやすみなさい」

「うん。またね。おやすみ」


毎度のことであるが、最近の電話での会話は短めで終わってしまう。そんなことを思っていたら、お姉さんが言っていたことが気になり出した。

「もしかしたら彼に送ってもらえるかも……」

本当に送ってもらえたとしたら、松本でお姉さんの彼と会うかもしれない。遠くから見るのではなく、顔がハッキリと確認できるかも……でもどうしよう、もしも松原だったら……。

◇

お姉さんからの電話があった翌日、松原からメールが届いた。内容は食事の誘いだった。

『なんで電話じゃなくてメールなの？』

イケちゃんはずっとこの疑問を抱えている。付き合い出した頃は、電話番号を伝え忘れていたのが原因だった。でも今はちゃんと知らせているのに……私の声が聞きたくないのかしら……それとも何か他の理由があるの？

最近は、お姉さんのそっけない態度が気になっていたが、電話よりもメールのほうが多い松原に対しても不満と不安を感じていた。

◇

松原からメールが届いた翌日の夜、イケちゃんは彼とディナーデートをした。会話の流れでメールのことを話そうかと思ったが、それよりも重要なことを思い出した。

「あのね、今月の末に灯台めぐりの旅行があるの」

「月末って……明後日じゃない！　今度はどこへ行くの？」

「今度も北海道だけど道東方面よ」

「楽しそうだね」

「そうよ、今回もすごく楽しみ。それでね、10月の最初の日曜日に会いたいの。北海道のおみやげを渡します……どうかな？」

「うん。日曜日の正午頃なら大丈夫だよ」

「じゃあ決まりね。前日に待ち合わせ場所を伝えるね」

「わかった。ねえ、食事の後はどうする？」

「あなたに任せるって言ったらどうします？」

松原はイケちゃんの顔を見ながら思案しているようだ。


少しだけ間があいて、松原が小声で言い出す。

「明日は仕事なの？」

「休みだけど、松原君は？」

「僕も休みだよ。午前中は何もないけど、午後から人と会う約束があるくらいだね」

松原の言葉を聞いてイケちゃんは食事をする手が止まった。人と会う約束って誰なんだろう……誰と会うのか聞いてみたいけど……本当のことを教えてくれるだろうか？　まさか、お姉さんじゃないよね。お互いに明日が休みというのも滅多にないし、この機会に彼との関係を進展させたいとイケちゃんは本気で思っている。

「どうしたの？　難しい顔して……何かあるの？」

松原から言われても返答に困る。お姉さんの彼が誰なのかということ……松原との関係性を高めること……どちらを優先させるべきなのか、まだ結論が出ていない。

「なんでもないの。食事の後はドライブがいいかも」

「旅行の準備ってできてるの？」

「まだ少し残っているけど……」

「君の部屋に行きたいって言ったらどうする？」

松原からの想定外の問いかけにイケちゃんは動揺する。

『私のウチなら、ファーストキスだけじゃすまないかも』

イケちゃんとしては松原との関係を一気に進めたいが、お姉さんの彼かもしれないという疑惑が晴れるまでは素直な気持ちにはなれそうにない。

レストランを出てから車に乗り込む。松原はエンジンをかけずにイケちゃんの返事を待っている様子。すると、イケちゃんが変なことをつぶやく。

「ウチのアパートって壁が薄いのよね」

それを聞いた松原は、真面目な顔をして言った。

「僕は君の恋人になれたんだよね。だからさ、一度くらいは部屋に招待してもらいたい……それだけの理由だよ。本音を言えばいつだって君がほしいと思っているけれど、まだその時ではないと……」

松原の本音を聞かされて、『何か言わなくちゃ』と、イケちゃんは焦っている。

「なんとなく気づいていたけれど……。私、変なことを言いました……ごめんなさい」

「僕って馬鹿正直なのかな？」

「嘘をつけないだけよね。私はそのほうがうれしい」

「今日は帰るよ。また次の機会におじゃまするね」

松原はイケちゃんを見て微笑み、車のエンジンをかけた。

イケちゃんのウチの近くで松原は車を停めた。イケちゃんは別れ際のキスを想像していたが、今回も何もなかった。

「旅行、楽しんできてね。おみやげ、楽しみにしてる。それじゃ、おやすみ」

「ハイ。おやすみなさい」

松原が去っていくのを見届けてウチに帰ると、思い通りにならない状況にイライラしてきた。

「私が変なのかなぁ……キスもしてくれない。このままじゃプロポーズなんていつになるのよ」

寝転びながら、クマのぬいぐるみに向かって問いかけていた。

◇

翌日の夕方、お姉さんから電話がかかってきた。

「あっ、イケちゃん。今着いたよ。彼に送ってもらっちゃった！」

「えっ、そうなの。松本駅だよね……お城口《しろぐち》でいいかな？」

「お城口？　ああ、そうね、お城があるほう。すぐに来られる？」

「15分くらいで行けると思う。今、彼は一緒なの？」

「うん。私の彼に会いたい？」

「会いたいけれど……旅行が終わった後でダブルデートしようかと思っていたんだけど……」

「ダブルデートか……それ、いいね。でも、とりあえず会っておく？」

イケちゃんは先延ばしにしても仕方がないと思い、「今から向かう」と告げて通話を切る。自転車に乗って松本駅に向かった。駅が近づいてくると心臓がバクバクしてきた。


松本駅前のロータリーで手を振るお姉さんが見えたが、お姉さんしか見当たらない。

「お姉さん、お待たせ。彼は？」

「ごめんね。実家から電話がかかってきたらしくて帰っちゃった」

ようやく疑惑が解明できると思っていたのに、想定外の展開に少しだけ残念だと思いながらも安堵《あんど》していた。そんなイケちゃんの表情を見てお姉さんが言い出す。

「どうした……怖い顔してるよ。さあ、信州そばを食べに行こう！」

お姉さんはイケちゃんの不安な気持ちには気づいていない。自分の交際が順調すぎるあまり、まわりが見えていないようだ。

「お姉さん、ちょっと待っていてね。電話したいところがあるの」

イケちゃんは、お姉さんから少し離れた所で松原に電話する。しかし、呼び出し音の後で留守電になってしまった。その瞬間、以前に松原が話していたことを思い出した。

「仕事中や車の運転中は電話に出られないから……」

イケちゃんは何もメッセージを残さずに電話を切った。そして無意識にスマホの電源を切った。

2回目の北海道旅行当日の朝、前日の夜に来ていたお姉さんに起こされたイケちゃんはボーッとしている。

「大丈夫なの？　シャキっとしなさい！」

お姉さんに活を入れられ、慌ててシャワーを浴びる。なんとか予定通りの時刻に出発して、いつものルートで東京方面へ向かう。今回は成田空港なので、途中からは違った緊張感になっていた。

釧路空港に到着して外に出ると、曇り空で想像以上に気温が低い。

「お姉さん、思っていたよりも涼しいね」

「上着だけでも着替えよう」

多目的トイレに入り着替えを済ませた後、空港連絡バスに乗って釧路駅へ移動する。釧路駅に着いたのは午後6時だった。

ホテルに直行してチェックイン。部屋に荷物を置いてから買い出しをする。

「Sマートに行くわよ！」

お姉さんに言われて、イケちゃんはスマホで場所を検索した。

およそ30分後、二人はワインやお弁当を買ってホテルに戻った。

「旅の初日は移動だけだったけど、2回目の北海道旅行がスタートしたのね」

「そうよ。それじゃ……お姉さん、乾杯するよ！」

二人はワインで乾杯してから豚丼やカツ丼を食べ始める。部屋での夕食が終わり、明日からの行程のチェックが始まった。

「明日は08時18分発の列車で根室駅へ向かいます。レンタカーを借りて根室駅から最初の目的地である納沙布岬灯台を目指す。11時45分頃に到着。灯台やオーロラタワーの周辺を散策して、13時頃に花咲灯台へ移動します。14時頃に到着して灯台周辺を散策。14時半に落石岬灯台へ向かう。15時過ぎに到着して灯台周辺を散策。16時前に出発して根室駅に戻る。到着は16時40分くらいだから薄暗くなっていると思う」

イケちゃんが一気に話すと、お姉さんがスマホを見ながらつぶやく。

「納沙布岬灯台では1時間以上、花咲灯台と落石岬灯台では約30分の見学時間なのね」

「交通渋滞なんてないと思うから、実際にはもう少し余裕がありそう」

お姉さんが何度もスマホを見るので、イケちゃんは気になる。

「それじゃ明日は6時起きだね。イケちゃんは6時半ね。私が先にシャワーを使うわ」

「ハイ。やさしく起こしてね」

「何言ってるの。自力で起きなさい！」

しばらくは近況報告の話題で盛り上がっていたが、朝が早かったので二人とも睡魔に耐えられず限界を迎えた。初日は一緒の部屋なので、お姉さんはイケちゃんを放置してのんびり風呂に入ってから寝た。

◇

翌朝はホテルで朝食を済ませてからチェックアウト。根室本線で終点の根室駅へ向かう。

「道東の鉄道旅が始まるよ。なんだかウキウキする」

「道東ってエゾシカが多いって何かに書いてあった気がする。イケちゃんは知ってる？」

「知らないけど、列車からエゾシカが見えるかもしれないね」

「そうね。運が良ければ見えるかもね」

釧路駅を出発してから約20分後、車窓をジッと眺めていたイケちゃんが声をあげた。

「あっ、エゾシカだ！」

「えっ、どこなの？」

お姉さんが反応した時には見えなくなっていた。

「一瞬だったからカメラが間に合わなかった……」

「カメラを構えたままにすればいいんじゃないの」

お姉さんに言われて、イケちゃんはカメラを構えて車窓を眺める。

「待っている時ってさ、意外とあらわれないのよね」

お姉さんがつぶやいた直後、イケちゃんがシャッターを数回押した。

「撮れたよ。エゾシカが……」

カメラをチェックすると、エゾシカの白いお尻が写っていた。

「あら残念。お尻しか写っていないわね」

「ホントだ。全身のほうはピンボケになってる」

そんなことを何度かくり返しているうちに東根室駅に停車した。乗客の数人がホームに向けてカメラを構えて撮影している。それを見たイケちゃんは、ホームにある駅名標と標柱を撮影した。

「そうか。日本最東端の鉄道駅なのね」

お姉さんが言うと、イケちゃんは大きくうなずく。それから数分後、終点の根室駅に到着。すぐにレンタカー屋へ行き手続きをした。


「今回はイケちゃんがホスト役だから、イケちゃんから運転してね」

そう言うと、お姉さんはさっさと助手席に滑り込んだ。

「それじゃ、カーナビのセットしてくれる？」

「いいわよ。ちょっと待ってね」

準備が整うと、イケちゃんが前方を指差しながら言う。

「納沙布岬灯台へ向かって……」

「レッツゴー！」

いつもの決めゼリフをお姉さんが言い、灯台のハシゴ旅がスタートした。


出発してから数分後、市街地を抜けると一本道になり右側には太平洋が見えた。

「道路に沿って電線が続いているけど、ほとんど何もないって感じがするわ」

お姉さんのつぶやきに、イケちゃんが大きくうなずく。

「バス停があるけど、バスを待っている人なんて一人もいないね」

イケちゃんのつぶやきには、お姉さんが小さくうなずく。


その後もひたすら一本道を走行していると、道路の左側に郵便局が見えた。

「こんな場所にも郵便局ってあるのね」

お姉さんの何気ない言葉にイケちゃんが反応する。

「あの郵便局って、日本の最東端かもしれないよ」

イケちゃんの言葉を聞いてお姉さんは検索開始。

「もうすぐ灯台に着くから……確かに最東端かもね。郵便局の名前は……なんか難しい字だから読めないわ」

そんなことをしていると、前方に巨大なタワーが見えてきた。

納沙布岬バス停付近の路肩に車を停め、二人は車を降りて周辺を見回す。

「イケちゃん、灯台はどっちなの？」

「多分だけど、あっちかな……」

二人が歩き出すと、前方に白い灯台が見えた。道の途中で「本土最東端 納沙布岬」と記された約3メートルの高さの標柱がある。写真を1枚撮って先へ進む。次にあらわれたのは「納沙布岬灯台」と記された標柱だ。

「やっと着いたわね」

お姉さんは、しみじみとした口調で言った。


「最果ての地に来たって気がする……では、儀式を始めます」

お姉さんは、灯台のほうを向いてうなずいている。

「初点灯は明治5年7月12日。北海道の洋式灯台として最初に造られたそうです。現在はコンクリート造りで、光達距離は約27キロメートル。日本の灯台50選に選ばれています」

「どうもありがとう。面白い形よね」

「そうね。もっと近づいてみようよ」

そう言うとイケちゃんはどんどん先へ進み、灯台の脇を通って海側の様子を確認する。

「危ないから気をつけてね」

お姉さんに注意されてイケちゃんの足が止まり、カメラで撮影を始めた。

「ここって、最高の撮影ポイントだよ！」

お姉さんは足元に注意しながらイケちゃんの横に並ぶ。

「あら、素敵ね……最果ての絶景だわ！」

写真や動画の撮影を終えて、来た道を引き返す。北方館・望郷の家という資料館に入り、雄《おす》のエゾシカのはく製を見た。オーロラタワーの入り口は、やはり閉ざされていた。

「どうする、少し早いけど出発しようか？」

お姉さんに言われて、イケちゃんは車のキーを渡した。

「さあ、次は花咲灯台！」

「出発するわよ。レッツゴー！」


来た時に見かけた珸瑤瑁《ごようまい》郵便局を撮影してから、コンビニに寄って食料などを調達。およそ1時間後に花咲灯台に着いた。駐車場に車を停めて歩き出す。灯台の方向を見ると一本道が続いている。

「赤と白のツートンカラーね。赤色が鮮《あざ》やかだわ」

「このあたりは濃い霧が発生するから、目立つようにしたらしいよ」

イケちゃんのプチ情報が出たところで、ゆっくりと灯台に近づく。灯台の脇に立つと、沖のほうに大小の島が見えた。

「ねえ、あの島って何かしら？」

「ちょっと待ってね……えっと、大きいのがユルリ島で小さいのがモユルリ島よ。どちらも無人島で鳥獣保護区だって……50年くらい前までは人が住んでいたみたい」

「へえ、そうなの。じゃあ、いつものアレ、よろしく」

「ハイ。花咲灯台の初点灯は明治23年11月1日。四角形のコンクリート造りです。光達距離は約29キロメートルで、日本の灯台50選に選ばれています」

「どうもありがとう。それにしても静かだわ。時々海鳥の鳴く声がするけれど、海風の音しかしない……ねえ、いつものやる？」

お姉さんは叫びたくてウズウズしているようだ。

「しょうがないな……お付き合いしましょう。お先にどうぞ」

お姉さんは口元に両手を添えると、太平洋に向かって大きな声で叫ぶ。

「いつになったらプロポーズしてくれるの～」

すぐにイケちゃんも続く。

「マサヒコ、愛してるよ～」

するとお互いの叫びに、お互いがツッコミを入れる。

「自分からプロポーズすれば？」

「マサヒコって誰よ？」

二人の会話が中断して、それぞれが自由に景色を撮影している。

車に戻ってから、それぞれのツッコミに対しての話が再発する。

「私はね、トシヒコさんからプロポーズされたいの！」

「トシヒコさんって誰よ……」

「私の彼に決まってるじゃない。それより、マサヒコって……」

「私の彼よ。何か文句がある？」

「文句なんてないわ。だけど初めて聞いたから……」

「トシちゃんにマッチか……変なの。顔は全然似てないのに……」

「イケちゃんもそうなんだ……全然アイドル顔じゃないわ」

「それじゃ、次の目的地をセットするよ」

イケちゃんがカーナビをセットして出発する。


およそ30分後、目的地の付近で道しるべが見えたので、様子を確認するため一時停止する。

「ねえ、『落石灯台1.4km　サカイツツジ』って書いてあるわ。カーナビは左折だけど……」

「このまま矢印通りに進んでいいよ。途中で車を停めて、そこからは徒歩で木道を目指します」

イケちゃんに言われて、お姉さんは指示通りにする。

「簡易トイレがあるわ。イケちゃん、どうする？」

「ここにあるってことは、この先にはないってことでしょ……だから、交代で済ませよう」

数分後、準備が整いゲートを抜けて歩き出す。しばらくすると、イケちゃんが急に立ち止まった。

「お姉さん、そこにいるよ」

イケちゃんが、ささやくように言った。

「どうしたの、何がいるって……」

そう言いながら草むらの方向を見ると、1頭のエゾシカが草を食べている。

「ねえ、私たちに気づいても草を食べ続けている。あれっ、フンをしながら食べてるよ」

「エゾシカって器用なのね」

お姉さんの変な感想はスルーされた。雌《めす》のエゾシカを撮影してから再び歩き出す。


倉庫のような建物が見える。ネットで見た情報通りだとイケちゃんは思いながら、その建物の裏側に回り込む。すると、いくつかの案内板と木道のスタート地点が見えた。木道が真っ直ぐに延びているが、どれくらいの長さなのかわからない。

「なんだか怖いわ」

「私が先に歩くから、お姉さんは後ろからついてきて」

エゾマツやシダ類に覆われた森の中を進む。木道は丸太を組んだ形状であり、所々で補修されていた。隙間があるので注意しないとつまずきそうだ。

「お姉さん、足元に注意してね」

「あなたこそ気をつけてよ」

するとイケちゃんが立ち止まる。

「ちょっと昔なんだけど……ここで女性がつまずいてケガをしたらしいの。その影響でね、一時期だけど立ち入り禁止になったって書いてあった。でもね、私は自己責任だと思うの……私たちの不注意でまた立ち入り禁止になったら、知らずに来た人たちにとっては大迷惑だよね。そうならないようにゆっくり歩こうと思うの」

「へえ、そんなことがあったんだ。自己責任か……旅のマナーと同じくらい重要なことだと思うわ」

ゆっくり歩いて15分くらい経ったころ、ようやく灯台の姿が見えた。

「着いたよ。花咲灯台と同じツートンカラーだね」

「あら、ホント。赤色がよく映《は》えて美しいわね」

お姉さんは灯台を見ながら深呼吸をしている。イケちゃんも同じことをする。

「ここも風の音しかしないわね。では、イケちゃん。アレをよろしく！」

「かしこまりました。四角形のコンクリート造りで、北海道で10番目に設置された灯台。初点灯は明治23年10月15日。花咲灯台より半月早いです。光達距離は約35キロメートル。明るさは花咲灯台の2倍。日本の灯台50選に選ばれています。当初は落石埼灯台という名称でした。以上」

「はい。どうもありがとう。花咲灯台よりも規模が大きいのね。場所も形も色も似ているから兄弟みたいな関係かもね」

渚たちが海に近づくと、断崖絶壁《だんがいぜっぺき》には柵がない。海を見下ろすと吸い込まれそうだ。非日常的な景色を見て、大自然の迫力を全身で感じた。

エゾリンドウを見ながら散策路を歩いて元のゲートまで戻ってきた。当初の予定よりも滞在時間が長くなったが、灯台周辺の雰囲気は最高だった。

「今まで訪問した灯台の中で、たどり着くまでがちょっと異質だったわよね」

「結構歩いたね。でもさ、落石駅から歩いたら片道1時間以上だよ。レンタカーで正解だと思う。じゃあ、根室駅まで私が運転します」

イケちゃんはお姉さんから車のキーを受け取った。


安全運転を心がけたので、根室駅に戻った頃にはすっかり日が暮れていた。レンタカーを返却してからホテルにチェックイン。

部屋に荷物を置いてから買い出しをする。地元スーパーへ向かう途中でイケちゃんが言う。

「明日の列車って05時31分発だよ」

「そうだった！　遅くても4時起きか……ワインなんか飲んでる場合じゃないね」

「ワインを買ってもいいけれど、明日の夜の分だからね」

客室に戻り、夜食を済ませると早めに寝た。イケちゃんがスマホを見ると電源が切れていることに気づいた。

『あれっ、いつの間に電源を切っちゃったのかな……』

電源を入れて着信履歴を見ると、松原からの留守電が残されていた。確認すると、電話の着信があったので折り返したという内容だった。今から伝えることは何もないので、イケちゃんは間違えて電話したとウソの内容のメールを送った。

◇

翌朝は5時にチェックアウトして根室駅に向かう。日の出直後なので徐々に空が明るくなりかけている。乗り換えの東釧路駅までは2時間半……列車のシートに座るとイケちゃんは眠ってしまった。列車内は空席だらけなので、お姉さんは気に入った座席に移動して車窓を眺めていた。

『なんだか、一人で旅をしている気分ね……』

そんなことを思いながら景色を見ていたが、いつの間にかウトウトしてしまう。

東釧路駅に到着……無人駅だった。次の列車時刻まで1時間もある。駅舎内で軽食を済ませてから駅周辺を散策した。

網走方面の列車に乗り込むと、数分後に車内アナウンスで次の駅名が告げられた。

「次は釧路湿原駅か。途中下車したかったけど、降りちゃうと行程が……」

イケちゃんが残念そうにつぶやいている。

「仕方がないわよ。知床観光を優先してくれたんでしょ。私がオホーツク海を見たいって言ったから……」

「そうなんだけど……北海道って広すぎるよ！」

釧網本線はエゾシカ多発路線とイケちゃんは認識していたが、車窓を眺めていても目撃する機会には恵まれなかった。

11時過ぎに知床斜里駅に到着した。すぐに、駅前のレンタカー屋に移動する。

「さあ、知床自然センターへ行きましょう」

そう言ってイケちゃんがカーナビをセットする。ハンドルを握っているお姉さんがつぶやく。

「オシンコシンの滝には寄らないのかしら……」

「そうだった。知床国道の途中にあるけど……知床自然センターの帰りに寄ろうよ」

「了解。それでは、レッツゴー！」

出発してからしばらくすると、国道の左側にオホーツク海が見えた。

「わお、テンション上がる！」

お姉さんは、海を見ながらの運転にご機嫌だ。

午後1時頃に知床自然センターに到着。観光バスは見当たらないが、乗用車はそれなりの台数が駐車している。

「すぐに高架木道の散策路へ行きましょう」

イケちゃんに促されてお姉さんが言った。

「ねえ、高架木道にトイレってあるの？」

「たぶんないと思う。そうね、まずはトイレに行きましょう！」

改めて木道の入り口に行くと、かなり先まで続いているのが見えた。

「知床五湖の一湖まで続いているみたい。そこまで行って引き返すルートらしいよ」

イケちゃん情報を聞いて、お姉さんが先に歩き出す。


案内板が置かれた最初の撮影スポットで立ち止まり、知床連山の様子を見る。連山をバックにしたツーショットを撮影した後は、一湖を見ながら小休止をして引き返す。途中でエゾシカを見かけたが、距離がありすぎて感動は薄かった。自然センターに戻って、お店でドリンクを買った。

「さあ、次はオシンコシンの滝よ！」

「お姉さんってさ、そんなに滝が好きだった？」

「あそこは普通の滝とはちょっと違うのよ」

「どんなふうに？」

「行けばわかるわ。はい、運転よろしく！」

イケちゃんは車のキーを渡されて運転席に乗り込む。お姉さんはカーナビにオシンコシンの滝をセットしてから、お店で買った「こけもも味のドリンク」を飲み始めた。

「出発しま～す」

「滝へ向かって、レッツゴー！　あら、このドリンクおいしいわ」

オシンコシンの滝入り口の駐車場に到着。長い階段を上がりながら滝に近づく。

「わあ、すごい迫力。顔に滝のしぶきがかかる！」

小さく叫びながら、お姉さんはさらに滝に近づいていく。階段をのぼり切り周辺を見渡す。

「もしかして、滝つぼって……オホーツク海なの？」

イケちゃんが変なことを言うと、お姉さんが滝の流れを見ながら言った。

「海に流れ込む滝なんて珍しいでしょ。私はこれが見たかったの！」

渚たちは滝をバックにして交互に写真を撮る。最後にツーショットを撮って完了。

「滝の上ってさ、どんなふうになってるのかしらね？」

するとイケちゃんがネット検索を始める。

「木々が生い茂っていてよく見えないそうよ。道はあるらしいけど、熊が出るかもって書いてある」

「ようするに自然が豊かってことなのね」

お姉さんは納得したらしく、ゆっくりと歩いて駐車場へ戻った。


引き続きイケちゃんの運転で移動する。途中で一気に坂をのぼり、通称「天に続く道」にたどり着く。車を路肩に寄せて外に出て、道の真ん中に立って西の方角を見た。

「えっ、ずっと先まで見えるよ！」

イケちゃんが興奮気味に叫んだ。

「20キロメートル以上も真っ直ぐに道が続いていて、夕日が重なる時が絶景らしいわ」

お姉さん情報を聞きながら、イケちゃんは口を開けたまま眺めている。車に乗って坂を下って行くと、途中で展望台があった。再び車を停めて、木製の階段を上がり周囲を見渡す。

「わ～すごい。ザ・北海道って感じがする景色だね」

先ほどとは違い、イケちゃんは静かな口調だ。

「雪景色だったら、まったく印象が違うのかも……真っ直ぐな道はどうなんだろう」

お姉さんがネット検索をしてみても、それらしい画像は見当たらなかった。


知床国道を下っていき平坦な道になると以久科《いくしな》原生花園の案内表示があり、右折して立ち寄ることにした。海岸近くの駐車スペースに車を停めて外へ出てみる。

「浜辺を散歩しよう！」

イケちゃんの提案で砂浜に向かって歩き始めると……。

「わあ、リアルなオホーツク海よ！」

お姉さんが叫び、靴とソックスを脱ぎ波打ち際に近づく。

「気持ちいい！　あなたもいらっしゃいよ」

ハイテンションなお姉さんに合わせようと、イケちゃんも裸足になって波打ち際へ……。

「あら、渚と渚がナギサに立ってる！」

お姉さんのしょうもない言葉にイケちゃんは大笑い。

お姉さんのテンションが落ち着くと、交代でスナップ写真を撮ってから車に戻った。今度はお姉さんが運転する。


「この後の予定は？」

「今が午後3時だから、摩周《ましゅう》湖まで行って折り返そうよ」

イケちゃんの提案を聞いて、お姉さんはカーナビの操作をしながら話す。

「摩周湖って霧が有名よね。湖面って見られるの？」

「それは運次第よ。湖面に近い裏摩周展望台へ行こう。カーナビのセットは私がやるよ」

準備が整うと、お姉さんのいつものかけ声が出た。

「じゃあ、摩周湖へ……レッツゴー！」


それから1時間半後、裏摩周展望台に到着。湖面を見下ろすと全体的に霧がかかっている。

「結構白っぽいよ。湖面なんて見えるの？」

お姉さんはぼやいているが、イケちゃんは湖面を探している。

「見えるよ。ほら、島みたいになってる！」

「ホントだ。案内板には『カムイシュ島』って書いてあるわ」

「来て良かったね」

「うん、ラッキーだったね」

イケちゃんは動画を撮影する。お姉さんは湖面の島を撮影した。ツーショットを撮ろうとした頃には、湖面は霧で見えなくなっていた。

第 7 灯目

深まる疑惑と意外な真実

第7灯目　深まる疑惑と意外な真実

午後6時を過ぎた頃、レンタカーを返却して知床斜里駅前のSマートへ。買い物を済ませてホテルにチェックイン。今日も一緒の部屋である。

食事が終わると、ワインを飲みながら明日の予定を確認する。

「明日は07時28分発の列車で網走駅に移動してレンタカーを借ります」

「ねえ、イケちゃん。朝食って何時から？」

「ここは素泊《すど》まりです。明日は網走駅前の牛丼屋で朝定食なの」

「おっ、初めてのパターンね」

「明日の目的地を順番に言うね。美幌《びほろ》峠、サロマ湖展望台、能取岬灯台よ」

「3ヶ所だけなの？　美幌峠って……」

「美幌峠からの大パノラマを楽しみにしていてね。それからサロマ湖展望台の後で佐呂間神社に寄って参拝するの。そうだ、能取岬には牧場があるのよ！」

「なるほど、興味がわいてきたわ」

しばらくして、交代でシャワーを浴びることになった。

「お姉さん先に入る？」

「ゆっくりしたいから後にするわ」

イケちゃんが浴室に入った数分後、テーブルの上にあるイケちゃんのスマホが鳴った。お姉さんが反応してスマホの画面をチラッと見た。すると明るくなったスマホ画面に写真が……イケちゃんと男性のツーショットだ。それを見たお姉さんは思わず二度見してしまった。

『えっ、どうして？　何で津田君とイケちゃんが一緒に写ってるのよ……』

メールの着信のようだが、自分が動揺していることに驚きを感じている。

『イケちゃんのカレシって津田君なの？　実家が松本だって言っていたから可能性はゼロではない……イケちゃんとは同級生だと言っていたから年齢は一致する……』

過去に起きた出来事や会話が気になって、お姉さんは疑心暗鬼になっている。

『メールの内容とか見れば確認できるけど……イケちゃんに何て言えばいいか……』

自分の彼とイケちゃんの彼が同一人物だったとしたら……。

『それって二股ってことになるよね。似ているだけでただの別人なのかな。今度の日曜日にダブルデートの予定になっているけど……それまでどうする？』などと頭の中で迷走中だ。

イケちゃんと交代で浴室に入ったが、リラックスするどころか頭の中はグシャグシャ状態。お姉さんが1時間くらいして浴室から出ると、イケちゃんは寝息を立てていた。

『この件は明日以降に持ち越しね……とりあえずは旅行を楽しもう』

悩んでも仕方がないので、気持ちを切り替えてワインを1杯飲んでから寝た。

◇

翌朝、ホテルを出発して列車に乗る。車窓いっぱいにオホーツク海が見えると、その時だけお姉さんのテンションが上がった。網走駅に到着してから、予定通り駅前の店で朝定食を食べる。その後、レンタカーを借りて美幌峠へ向かう。ハンドルを握っているイケちゃんは楽しそうにしているが、お姉さんはさえない表情だ。

「お姉さん、どうかした？　元気ないみたいだけど……食べ過ぎたの？」

「別に何でもないよ……ちょっと考えごとをしていたの」

「そうなんだ。美幌峠からの景色を見れば心配事とか忘れちゃうかも」

イケちゃんの言葉を聞いてお姉さんは思った。

『考えごとって言ったのに心配事って言われちゃった……私、寝言で何か言ったの？』

イケちゃんのスマホの待ち受け画面を見て以来、お姉さんは旅行どころではなくなっている。本心では一刻も早く真相を知りたい……そんな気分だ。

お姉さんの様子を見て、イケちゃんは感じていた。

『何か悩みごとがあるのかな……私には言えないことなのかな』

およそ80分後、「北の道の駅」の駐車場に到着。

「さあ、着いたわよ。ちょっと霧が出ているけれど展望台へ行きましょう」

イケちゃんのかけ声で移動開始。徐々に霧が晴れていき、展望台に着くと見晴らしが良くなっていた。

「霧が晴れてるよ。大パノラマが広がってる！」

興奮気味に話すイケちゃんの横に立ち、お姉さんは景色を見渡す。

「何よこれ……すごいじゃない。あれって屈斜路湖《くっしゃろ》でしょ……島がハッキリ見えるわ」

イケちゃんとは対照的に、お姉さんは穏やかな口調で話しているが、ものすごく感動している。


「良かったね、お姉さん」

「何が？」

「スッキリした……元気になった？」

「ねえ、もしかして私……寝言とか言ってた？」

「チョットだけね」

「やっぱり。ねえ、なんて言ってた？」

「わかんない。忘れちゃった」

イケちゃんに、はぐらかされたような気がした。

『ああ、早くスッキリさせたい！』

お姉さんはそう思いながら、深呼吸をして気持ちを切り替えようとする。その後は雄大な景色をバックに写真を撮りまくり、モヤモヤした気分が少しだけ晴れた。


車に戻ると運転を交代する。

「次はどこかしら？」

「サロマ湖展望台。カーナビをセットするよ」

「あら、目的地まで3時間もかかるのね……」

「疲れたら途中で交代しようね」

お姉さんは軽くうなずき、いつものかけ声を忘れたまま発進した。途中で運転交代をして、ようやく佐呂間神社が見えてきた。

「お姉さん、先に旅の安全祈願をしましょう！」

車を神社の前で停車させた。参道には大きな鳥居が並んでいる。

「すっかり天気が良くなったわね」

お姉さんが言うと、イケちゃんは鳥居を撮影してから拝殿に向かって歩き出した。


参拝後は、お姉さんの運転になりイケちゃんがカーナビをセットした。佐呂間神社から40分もかかって幌岩山《ほろいわやま》の駐車場に到着。すぐに展望台へと向かった。木造りの階段を上がり大きな樽のような展望台に立つと、広大なサロマ湖が見えた。

「湖というより海だね」

お姉さんが見たままを言った。

「ねえ、右のほうから雲が迫ってきてる……早く写真を撮ろうよ」

イケちゃんは急いで数枚撮り、お姉さんとのツーショットもゲット。湖のほうを見ていると、あっという間に雲に覆われて何も見えなくなった。


「さあ、次はいよいよ能取岬だね。運転はイケちゃんよ」

「ハイ。なんだかワクワクしてきちゃった！」

サロマ湖畔の国道を東へ進むと能取湖に突き当たる。途中から道道76号線に入り、湖を1周して東へ進むとトンネルが見えた。美岬トンネルを通り抜けると周囲の雰囲気が一変。

「お姉さん、スゴイよ。海に向かって道が続いている！」

「あれって灯台よね。こんなシチュエーションって初めて！」


ハイテンションを維持したまま、駐車スペースに車を停めて周囲を見渡す。牧場には牛が放牧されている。海の方角を見ると、黒と白のツートンカラーの能取岬灯台が建っていた。

「まずは、深呼吸をして落ち着こう」

お姉さんに言われて、イケちゃんは大きく息を吸っている。呼吸が整うと、二人は灯台に向かって歩き出した。さわやかな風が吹いていて気持ちがよい。

「さあ、そろそろお願いね」

「ハイ。では始めます。八角形の洋式灯台でコンクリート造り。カラーリングはご覧の通りよ。初点灯は大正6年10月1日。光達距離は約36キロメートル」

「100年以上も経過しているのね……続けて」

お姉さんは、灯台と牧場を交互に見ながらイケちゃんの声に耳を傾けている。


「海面から灯火の高さまでは約57メートル。100周年を迎えた時に改修されたそうよ。周辺は網走国定公園で、市営の牧場には、5月から10月頃まで牛や馬が放牧されているんだってさ」

「どうもありがとう。ねえ、今まで見た灯台の中で一番穏やかな気がするわ」

「私も今までの灯台めぐりとはちょっと違う雰囲気を感じる。気のせいかもしれないけれど……」

「牧場の牛のせいかもね……今までは鳥とか猫くらいしか見かけなかったし……放牧されている牛とのマッチングが素敵な気分にさせていると思うわ」

「海を見下ろしてみようよ」

楽しそうにしているイケちゃんの顔を見て、お姉さんの胸中は揺らいでいる。

『ここでイケちゃんに話そうか……』


車の場所に戻ったが、どう切り出せばいいのかわからない。

「お姉さん、運転代わって」

車のキーを渡されて運転席に座り、エンジンをかける前にイケちゃんに問いかけてみた。

「あなたの彼って背は高い方かしら？」

「どうしたの突然……身長は182センチだから結構高いよ。お姉さんの彼は？」

「えっ、私の彼……そうね、同じくらいかな。180センチちょっとよ」

身長が同じくらいだと知り、内心ではかなり動揺している。

「どうしてそんなこと聞くの？」

「なんとなくよ」

「なんとなくで済まさないでよ……お姉さん、今朝からずうっと様子がおかしい！」

「イケちゃんだって時々変じゃないの……私に言えないようなヒミツとかあったりして……」

お姉さんの言葉を聞いて、イケちゃんは黙ってしまった。自分の彼とお姉さんの彼が同一人物かもしれないという疑念を確かめたいが、そんな勇気はないし最悪のことを考えると怖くて何も言えない。

お姉さんはエンジンをかけて車を発進させた。今度も「レッツゴー！」を言わない……お互いにぎくしゃくしてしまったので当然だとイケちゃんは思っている。

夜食や飲み物を買ってからホテルにチェックイン。最終日は別々の部屋なので、今夜の宴の約束はしないで解散した。

一人になったお姉さんは、とりあえずシャワーを浴びることにした。髪の毛を乾かし終わると、昨夜の出来事とイケちゃんとの会話を思い出していた。

『このまま何もせずに、明後日のダブルデートでも良いのだろうか……』

よく似ているけれど、まったく別人とわかって笑い話で済めばいいと思っている。その反面、同一人物とわかってパニックになる展開もありえると思うと……。

イケちゃんは何かに気づいていたりしないのか……たとえば私の彼に会わせる時にイケちゃんがドタキャンしたこと。あれは単なる偶然なんだろうか……。お互いに今まで隠しごとなんかしたことがないから、それでかえって言いづらくなっているのかも。

しばらく自問自答をくり返していたが何も妙案が浮かばない。彼の写真をイケちゃんに見せて反応をうかがおうかと思ったが、刺激が強すぎる上に誤解を生むリスクがある。

『明後日になればハッキリする。だから何もせず最後まで旅行を続けるしかないか……』

そういう結論に至った。


その頃、イケちゃんは……。

『さっきのお姉さんの問いかけって何なの……ものすごく様子が変だった』

シャワーを浴びて着替えると、松本駅付近で見かけたお姉さんの彼を思い出した。

『もしかして、お姉さんは何か気になることがあるのかな……』

イケちゃんのスマホが鳴った。松原から届いたメールを確認した後、イケちゃんは、あることに気づいてしまった。

『スマホの待ち受け画面って、昨日のメールを受信した時にお姉さんに見られた？』

イケちゃんが確認すると、昨日のメールの着信時刻と、自分が浴室に入っていた時刻が一致していた。

『待ち受け画面のツーショットを見たから、お姉さんはあんな問いかけをしたの？』

つまり、お姉さんが勘違いするくらいお互いの彼が似ているってことなの？　考えれば考えるほど、どんどん不安になってきた。お姉さんに何て言えばいいかわからないし、疑惑を抱えたまま明後日のダブルデートをしていいのか……イケちゃんは困惑していた。

この旅行は楽しく終わらせたいので、この疑惑について考えるのはやめようと決めた。

『お姉さんにプロポーズするって決めている人を信じよう。それから私の彼の誠実さも信じたい！』

気持ちが固まったのでベッドに横たわったが、目を閉じてもなかなか眠れなかった。

◇

翌日はギリギリまでホテルに滞在してから出発、網走湖周辺を観光してから女満別空港に到着。15時40分の便で成田空港へ。

成田空港に到着後は電車を乗り継ぎ、イケちゃんのウチに着いたのは午後11時だった。

「やっと着いたね。お姉さん、お腹減ってる？」

「うん、少しだけね」

「冷凍パスタでいいかな？」

「うん、任せるわ」

食事の後は交代でシャワーを浴びることになり、お姉さんが先に浴室に入った。その後、イケちゃんがシャワーを浴びて浴室から出ると、お姉さんは先に寝ていた。

◇

翌朝は二人とも起きるのが遅く午前9時頃に目覚めた。モーニングコーヒーを飲みながらボーッとしている。

「待ち合わせって何時だっけ？」

「11時半よ。30分前にはウチを出ましょう」

部屋の時計を見ながらイケちゃんがこたえた。

「お蕎麦屋さんって予約できるの？」

「わかんないけど……予約したほうがいいかな？」

「座敷がある店がいいな。イケちゃん、予約してくれる？」

「じゃあ調べてみるね」

お姉さんが浴室に入ると、イケちゃんが松本城周辺の店をインターネットで検索する。その結果、午後1時からの予約が可能な店があったので電話をかけた。

「予約席をお願いできますか？」

「午後1時からでしたら大丈夫ですよ。何名様ですか？」

イケちゃんは一瞬だけ躊躇《ちゅうちょ》したが、「4名です」と言い、自分の名前も告げた。

「かしこまりました。到着されましたら係員にお声かけください」

「はい。お願いします」

予約を終えてイケちゃんはホッとしたが、なんとなく胸騒ぎがしている。

「お蕎麦屋さんの予約が取れたよ。午後1時だけどいいよね……」

「そう、わかった」

お姉さんの返事はそっけなかった。お姉さんの心境は……。

『もうすぐ真相がハッキリするのよね……今は、お蕎麦どころじゃないのよ！』


イケちゃんのウチを出発して松本城へ向かう。松本駅から歩いたが待ち合わせの5分前に到着した。お堀に近寄って周囲を見渡す。

「まだ来てないね。お姉さんの彼は？」

「こっちもまだみたい」

数分後、イケちゃんが朱塗《しゅぬ》りの橋を見ていると、松原が歩いてくるのを確認した。同じタイミングで城の正面口を見ていたお姉さんも、津田が手を振って近づいてくるのを確認した。

イケちゃんとお姉さんが、ほぼ同時に言った。

「彼が来た！」

二人に近づいてきた男性たちはお互いの顔を見て言った。

「あれっ、トシ。なんでここにいるの？」

「マサ……お前こそ。どうしているんだよ？」

二人のやり取りを聞いていた渚たちは、完全に固まってしまい言葉が出ない。

「渚さん、お待たせしました」

津田がお姉さんに声をかける。

「渚さん、こんにちは」

ニコニコしながら松原がイケちゃんに言った。すると渚たちが同時に言った。

「あなたたち、双子なの？」


その言葉に男性たちがこたえる。

「三つ子ではないけどね」

「四つ子以上でもありません」

すると、イケちゃんの様子がおかしい。お姉さんはイケちゃんを見ながら言い放つ。

「ねえ、イケちゃん。この状況で何も言うことはないの！」

イケちゃんはお姉さんをチラッと見てから、双子の兄弟に向かって強めの口調で言った。

「言いたいことはたくさんある！　お姉さんと私の彼が双子だなんて……そんな偶然ってある？　まぎらわしいことするなって感じよ！」

興奮気味のイケちゃんを見て、松原が話し出した。

「たしかにそうだね。この展開はさ、奇跡というより運命だよね」

「そうだな。マサの言う通り……なんか、超ウケるぜ」

そう言いながら津田は笑っているが、兄弟の言葉を聞かされたイケちゃんが身体を震わせながら叫ぶように話し出した。

「笑わないで！　面白くなんかないよ。私は、私はね、ずう〜っと不安だったの。仕事をしていても、お姉さんとの楽しいはずの旅行中も、もしも最悪な結末になったらどうしようって……」


目に涙を浮かべながら話すイケちゃんを見て、お姉さんが両手で抱きしめる。そして、お姉さんも声を震わせながら言った。

「ごめんね、イケちゃん。なんだか様子がおかしいことは気づいていたのよ。でもね、その理由がわからなくって……交際が思うように進んでいないだけだと思っていたの。イケちゃんの彼がトシヒコさんにそっくりな双子の兄弟だったなんて想像もしていなかった。ずっと一人で悩んでいたのね」

お姉さんからやさしく言われて、イケちゃんも本音を語り出す。

「お姉さんは悪くないよ。私こそ、本当にごめんなさい。お姉ちゃんのことを少しだけ疑っていたのかもしれない」

「中身は違うけど、見た目はそっくりだから間違っても仕方ない。だから、私たちはどっちも悪くないのよ。はい、これでモヤモヤ気分はおしまい！」

お姉さんが腕を緩めると、イケちゃんはお姉さんを見て微笑んでいる。渚たちにとっては、これで疑惑が解消された。二人の絆はまた一歩深まったようだ。


渚たちのやり取りを黙って見ていた兄弟に向かって、お姉さんが低い声で話す。

「さて、お二人さん。か弱い乙女心を苦しめたバツとして責任を取ってもらうわよ」

お姉さんの表情を見ながらイケちゃんが続ける。

「そうよ！　女の涙を見たからには、それ相応のバツを受けてもらいます！」

「えっ？　僕たちが悪いの……」

「マジで？　俺が何かしたってこと……」

松原と津田は、そっくりな顔を見合わせながら驚いた顔をしている。そして、渚たちの様子を見てなんとかしようと考えてみる。

「あのう、食事をごちそうします……それでいいかな？」

「マサ、そんな言い方じゃダメだ。食事をご馳走させてください！　お願いします！」

津田が松原の頭を押さえつけながら、一緒になって頭を下げた。その様子を見たイケちゃんが、お姉さんに問いかける。

「どうします。食事で許してあげる？」

「そうね、それが君たちの誠意なのね。わかった、特上のお蕎麦で許してあげよう！」

お姉さんの表情が明るくなっていたので、津田も松原もホッとした。


緊迫した会話が終わると、お姉さんが素朴な疑問を投げかけた。

「あなたたち、双子なのになんで名字が違うのよ！」

兄弟は渚たちを見て順番にこたえる。

「中学3年の時に両親が離婚した。だから、俺はオヤジについていった」

「兄貴がオヤジにするって言うから、僕は母さんと一緒に暮らすほうを選んだ」

「トシヒコさん、私には末っ子だって言ってたわよね」

「ごめん。嘘ついちゃった。結婚の条件のハードルを下げるつもりだったから……」

「トシはさ、時々しょうもない嘘をつくんだよな」

「津田さんが俺で、松原君が僕か……ちょっとした違いがあるんだね」

イケちゃんのおかしな発言で、その場の雰囲気が変わった。


「ねえ、渚さん。そちらの渚さんを紹介してくれる？」

津田に言われて、お姉さんがイケちゃんを紹介する。

「私の大切な妹分である渚ちゃんよ。知り合って4年くらいかな」

「松原君、それじゃ私も紹介するね。こちらは……」

「知ってるよ。お尻のお姉さんでしょ！」

お姉さんと同じように紹介しようとしたのに、松原がとんでもないことを言い放った。

「お尻って何なの……あなたが何か変なこと言ったんでしょ！」

怒った口調のお姉さんに対して、イケちゃんはしれっとこたえる。

「えっ、ああそうだ。神威岬で撮ったお姉さんのお尻のアップを見せたかも」

「はい、その通りです。写真見せてって言ったら最初に見せてくれたんですよ」

お姉さんの表情を見ても、二人は平然と話している。イケちゃんと松原は、案外似た者同士なのかもしれないとお姉さんは思った。


「仕返しに、あなたのすっぴんコレクションをマサさんに見せるわよ！」

薄笑いしているお姉さんに向かって、イケちゃんが素早くこたえた。

「それはやめて！」

すると松原が、なぜだか彼女のピンチに助太刀《すけだち》するかのようなことを言い出した。

「あのう、渚さん。僕の渚さんのすっぴん顔は、いつの日か……二人っきりの時に見たいです！」

「マサ、お前は露骨《ろこつ》すぎるぞ！」

弟の天然キャラ的な発言に津田は呆れている。イケちゃんの恥ずかしそうな顔を見て、お姉さんは大笑いしている。

「今さらだけどさ、渚さんの妹分の彼がマサだなんて偶然にもほどがあるよ！」

「それは僕だって同じだよ。まさか、お尻のお姉さんの彼がトシだなんて……」

「あのう、お尻を強調するのはやめて！」

「お姉さんゴメンね。松原君に悪気はないと思うの……」

「すみませんでした。えっと、渚さん……ううん、なんだかややこしい。ねえ、これから何て呼んだらいいですか？」

松原の言葉にお姉さんは迷ってしまう。

「白石さんでいいんじゃないかな」

津田が口を挟んだ。

「でもさ、お姉さんがトシさんと結婚したらどうなるの？」

今度はイケちゃんが、ややこしいことを言い出した。

「えっ、二人の関係ってもうそんな段階なの？　そうなったら白石さんが津田さんってことになるから、呼び方が変わっちゃうよね。つまり、そうなれば、僕の本当のお姉さんになる！」

少々興奮気味に松原が言うと、お姉さんが話す。

「落ち着いてよ。私はイケちゃんより年上だから、渚さんと渚ちゃんで区別すればいい」

「なんだ簡単なことだね。うん、わかった。それよりさ、トシはプロポーズとかしたの？」

「お前はどうなんだよ」

渚たちは兄弟の独特のペースについていけないので、こっちはこっちで重要な案件?について話を始めた。

「あのさ、今さらなんだけど……この前ドタキャンした理由って……」

「そうなの。見ちゃったの。お姉さんが彼と歩いている姿を……」

「それでびっくりしちゃったってことか……当然だよね」

「ねえ、お姉さんは私のスマホの待ち受け画面を見ちゃったの?」

「着信音がした時にね、見えちゃったのよ」

「それで様子が変だったのね」

「やっぱり変だった? だってさ、イケちゃんに何て言っていいかわからなくって……」

「ものすごく聞きづらいよね。付き合い始めた頃に双子だって言っててくれたらさ……」

「悪いのは、全部この兄弟よ!」

渚たちが蒸し返すようなことを言うと、双子の兄弟が言った。

「聞かれなかったから……」

「彼女同士がつながっているなんて、普通は考えもしないでしょ」

きわめて正論に近いことをこたえると、それぞれの顔を見渡してからクスクスと笑い、やがて声を出して笑った。

◇

午後1時頃に予約した蕎麦屋に入店。天ざる御膳《ごぜん》の特上を食べながらの会食が始まった。

「松原君の上のお兄さんは……」

イケちゃんの問いかけに津田がこたえる。

「義男《よしお》兄ちゃんか。俺たちとは年齢が離れているんだ……元気かな……」

「うん。元気にしているよ。あのね、渚ちゃん。上の兄貴とは7歳も離れているんだよ。母さんは兄貴をつれてバツイチで再婚……僕たちの両親が離婚した時は、すでに独立していたよ」

「あのう、3兄弟の名前って……もしかして……」

お姉さんが小声でたずねる。

「やっぱり気になりますよね。母さんがさ、昭和のアイドルが大好きだから……」

松原に続いて津田が言った。

「オヤジの名前がマサトシなんです。だからマサで真彦、トシで俊彦、長男が義男だから……」

「これ以上の説明って必要ですか？」

松原が言うと、渚たちは苦笑いしている。

お互いの趣味に関しての話題で盛り上がり、双子兄弟が会計を済ませて店を出た。

「ご馳走さまでした。次はスイーツだよ！」

イケちゃんが満面の笑顔で言った。

「いいわね。次のスイーツは、私たちがおごらせていただきますね」

お姉さんも、吹っ切れたような笑顔だ。


津田が車で来ているので、全員で津田の車に乗り込む。

「渚さんは助手席にどうぞ」

松原が気を利かせて言ったが、お姉さんは後部座席に座る。

「ありがとね。滅多にないから女同士で後ろに乗りたいの……」

およそ1時間後、美ヶ原《うつくしがはら》高原の道の駅に到着。

「ようやく、ダブルデートって感じがしてきたよね」

そう言ってからイケちゃんは深呼吸をしている。

「昨日までのモヤモヤがさ、まるごと消えたって感じよ」

いつもの独特な表現の後、お姉さんも大きく伸びをして深呼吸をした。

「お茶しようよ。僕はアップルパイが食べたい」

「俺もアップルパイがいい！」

コーヒーとアップルパイの組み合わせは最高だった。

「お姉さん、おみやげを渡さないと……」

「そうよね。すっかり忘れていたわ」

おみやげは、ハッカのお菓子とイニシャル入りのキーホルダー。

「どうもありがとう」

松原がこたえると、津田は車の鍵をキーホルダーにつないで言った。

「ありがとう！」


「灯台めぐりって、次はいつなの？」

津田の問いかけに松原もうなずいている。

「その前にね、大事なことを確認させてほしいの。私の彼とイケちゃんの彼が兄弟だなんて思っていなかったからさ、二人に変なお願いというか条件を言ったこと……覚えているかしら？」

お姉さんの言葉を聞いて兄弟は顔を見合わせている。

「俺は最初のデートで言われた。お前は？」

「僕も2回目のデートで言われた」

するとイケちゃんがつぶやくように言う。

「あんな条件を出されて、本当のところ……どう思ってます？」

再び兄弟はお互いの顔を見てから順番に言う。

「俺はさ、正直なところ『マジかよ！』って思った。遠回しに交際を断っているのかな……そう感じて複雑な気分だった」

「僕はちょっと違う。お姉さんより優先順位が低いのは残念だけど、男の中では優先順位は最上位だからいいやって思った。なんてったって10年越しの願いが叶ったから……」

「マサは高校時代からの片思いだったのか……すげえな。俺なんか初対面の一目惚れだったよ。双子でも違いってあるもんだな……ところでさ、さっきの質問のこたえは？」

「次のホスト役はお姉さんだよ。いつにする？」

「昨日帰ってきたばかりでしょ。今は灯台めぐりよりデートが優先よ！」

「ダブルデートしてるじゃない！」

「これは単なる顔合わせよ。想定外の大ハプニングだったけどね」

お姉さんが次の旅行について何もこたえないので、お姉さんの代わりにイケちゃんがこたえた。

「たぶんだけど、今年の12月に四国に行くと思う。そして、来年の3月にも四国に行くつもりよ」

「僕たち兄弟と一緒に行くっていう発想はないんだよね」

「俺たちが一緒だと、『リフレッシュできない！』って言われそうだよな。マサは渚ちゃんと一緒の部屋に泊まりたいだけなんだろ……」

イケちゃんの顔が微《かす》かに紅潮している。

スイーツを堪能した後は、二手《ふたて》に分かれて散策をする。

「松原君、聞いてもいいかな？」

二人だけになった途端、イケちゃんが問いかけると……。

「また何か条件を出したりする気なの？」

「違います。ずっと気になっていたことよ。最初のデートの時、電話番号を聞いてこなかったよね」

「そうだったね。メールアドレスを教えてもらえたから、連絡はそれでいいかもと思った」

「電話なら声が聞けるじゃない。私の声が好きだって言ってたでしょ！」

松原はイケちゃんの顔を見ながら本音を語る。

「知りたかったよ、電話番号。君から言ってくれるのを待っていた」

イケちゃんは松原の本音を聞き、自分の鈍感さに呆れてしまった。

「他にも何かある？」

「あのね、電話番号を伝えたのにメールのほうが多かったのはなぜなの？」

「今さら聞くんだ……一度しか言わないよ。君の声を聞いたら、すぐにでも会いたくなるからさ」

イケちゃんは両手で頬を押さえながら照れている。

「実はね、他にも理由があるんだ。君との交際が慎重すぎて停滞気味だったのは……勉強に集中したかったからなんだよ」

「何の勉強？」

「今は一般的な保健体育の教員だけど、スポーツトレーナーの資格を取ってスキルアップをしようと考えている。民間資格だけど、長時間の講習を受けたり、いくつかの試験に合格しなくてはならないから大変なんだよ」

「すごいのね。頑張っているんだ。私も何かに挑戦しようかな」

夕方になり松本駅方面へ移動。

「このまま渚ちゃんの家まで行くんだよね」

松原の言葉に津田が言う。

「そうだな……荷物を載せたら俺は渚さんを家まで送ってくよ。いいですよね」

「本当にいいの？」

「最終便のアルプスライナーと彼の車……迷うなんて変だよ！」

イケちゃんに言われてお姉さんが照れながら言う。

「もしかして、私の部屋を見たいとか……」

お姉さんは会話の流れで津田の様子をうかがった。

「えっ、トシはまだ渚さんの部屋に招待されてないの？　親密そうな雰囲気だから意外だよ。実は僕もまだなんだけどね」

「そうなの？」

お姉さんに聞かれてイケちゃんは小さくうなずいた。

イケちゃんが住んでいるアパートに到着すると、イケちゃんとお姉さんは荷物を取りにいった。

「マサはどうするんだ？」

「渚ちゃんの家に寄っていくつもりだよ」

数分後、荷物を持ったお姉さんとイケちゃんが戻ってきた。

「じゃあね。また連絡するわ」

イケちゃんに声をかけてから、お姉さんが津田の車の助手席に乗り込んだ。イケちゃんは松原と一緒に車を見送った。

「行っちゃったね……松原君はどうするの？」

「いいかな？」

「何がって言うと思う？」

「どうぞって言ってほしいな」

「ハイ、どうぞ。いらっしゃいませ！」


イケちゃんの家に上がると、松原は部屋の中を見渡す。

「あんまり、じろじろ見ないでね」

「わかってるけど……女の子の部屋って感じがする。僕には男兄弟しかいないから」

飲み物を冷蔵庫から取り出しながら、イケちゃんが松原に向かって「ソファに座って……」と声をかける。テーブルに飲み物を置いてから、イケちゃんは松原の隣りに腰かけた。

「飲み物どうぞ」

「ありがとう。いただきます」

松原はジュースを一口飲むと、ホッと息を吐く。

「どうしたの？　緊張してるのかな。ねえ、松原君……」

イケちゃんが松原のほうを見ると、松原が顔を近づけてきて軽いキスをした。キスの後で松原がイケちゃんを見ると、目を閉じたまま松原に顔を向けたままだ。それを見た松原は、イケちゃんを抱き寄せて情熱的なキスをした。


キスをされているイケちゃんは、ついにこの瞬間が訪れたと感激している。松原も抑えていた気持ちをようやく解き放てたと感動している。

松原とのファーストキスは、イケちゃんが想像していたよりも長く感じた。

「松原君、うれしいよ」

「僕もうれしい。じらしていたつもりはなかったけど……大変お待たせしました」

「私に何を言わせたいの……それより、長すぎかも。くちびるがはれちゃうよ！」

「ごめん。痛かった？　僕としては、まだ物足りないんだけど……」

イケちゃんにとって念願だった松原とのファーストキス……二人の関係性は大きく前進した。

第 8 灯目

渚たちの誕生日と四国初上陸

第8灯目　渚たちの誕生日と四国初上陸

11月になり、イケちゃんは松原と1泊旅行をした。二人がさらに親密な関係になった翌日に、松原からプロポーズされた。気分が高揚していたこともあり、イケちゃんは言葉では返せず何度も何度もうなずいていた。その日はイケちゃんの29回目の誕生日だった。

それから数日後、イケちゃんにお姉さんからのメールが届いた。

> こんにちは。元気にしてるかな？　マサさんとは順調かしら？
> 私のほうは時々しょうもないことでケンカするけどさ、なんだかんだ言っても順調よ。
> さてさて灯台めぐりのお知らせです。12月5日から3泊4日で四国の東側を予定しています。西側は来年の3月にイケちゃんの担当でお願いね。イケちゃんの休暇申請が済んだら本格的に旅程を決めるつもりよ。どうかしら？　よろしく。
> そろそろプロポーズされそうなお姉さんより

お姉さんからのメールを読んでイケちゃんは思った。

『お姉さん……まだプロポーズされていないんだ。私が先だと知ったら……』

自分がプロポーズされたことを電話で伝えようかと思ったが、やはり会って伝えたいという気持ちが強い。しばらくは保留にすると決め、旅行の返事だけをメールで伝えた。

お姉さんへ、
彼との交際は順調よ。私は彼とはケンカしたことがないから、ケンカしても仲がいいなんてうらやましいかも。私は自然体のマイペースでやっています。

さて旅行の件ですが……いよいよ四国上陸ね！　休暇申請は問題ないので計画を進めてください。リクエストがあります。高松城址の見学も旅程に組み込んでほしいな。

トシさんに、よろしくって伝えてね。

幸せ太りしそうな妹分より

メールを送信した後で、「幸せ太りしそうな」と、におわせたことに気づいた。

◇

11月下旬のある日、お姉さんは彼とのドライブデートをしている。大きな橋の上を散策中に、前ぶれもなく津田から告白された。

「渚さん、ようやくこの日が来ました……俺と……いや違うな……俺を幸せにしてほしい……これも変だな……あなたのそばに一生いたいから……結婚してください！」

いつもは堂々としている津田が、むちゃくちゃ変な話し方でプロポーズをしたので言い返す。

「もう遅いわよ！」

津田をにらみつけたまま、お姉さんは少し興奮しているようだ。今までに見たことがない彼女の様子に驚きながらも、冷静さを保ちながら問いかけてみる。

「遅いって……どういう意味ですか？　ダメってことなの？」

「あなたがグズグズしてるから、私は30歳になっちゃったじゃないの！」

「うん、知ってるよ。お誕生日おめでとう……だから、そんなに興奮しないでよ」

「えっ、今日が誕生日だって知ってたの？」

「当たり前だよ。君と出会った時から、君の誕生日にプロポーズするって決めていた」

それを聞いたお姉さんは、言葉の代わりに津田の胸元を何度も叩いた。


お姉さんは、津田の胸元にもたれながら見上げて言う。

「素直に『ハイ！』って言うと思った？」

「できればそのほうが……」

「お姫様抱っこしてよ……そして、もう一度はっきりと言って！」

津田は周囲を見渡すと、お姉さんを抱きかかえてから顔を見て言う。

「死ぬまで一緒だよ。結婚してください！」

「うれしい。私より先に死なないで……愛してるわ、トシちゃん！」

◇

お姉さんにプロポーズした数日後、津田は松原に電話をかけた。

「マサ、ちょっと聞きたいんだけど……」

「トシから電話なんて久々だよな」

「そうだな。ところでさ、お前は渚ちゃんにはプロポーズする気はあるのか？」

「もうしたよ。ついでに言うとオッケーだったよ」

「なんだよ、お前もオッケーか……良かったな。おめでとう！」

「お前もってことは、トシもプロポーズ成功ってことなのか？」

「うん。渚さんの誕生日に告《こく》ったよ！」

「告ったってなんだよ。交際をする時に自分の気持ちを伝える時に使う言葉だろ。まあいいや。トシらしいかもな。じゃあ僕もそれに合わせるよ。僕も渚ちゃんの誕生日に告った……コレって双子あるあるかな……」

「そうかもな」

「トシ、僕からも言わせて……プロポーズ成功、おめでとう！」

電話でなければ抱き合っていたかも……それくらいテンションが上がっているようだ。

「もしかしてさ、今も同じことを考えていたりする？」

「結婚式……一緒にやるか？」

「やっぱりな……言うと思ったよ」

「でもさ、俺たちだけじゃ決められないよな」

「ちょっと待てよ。その話ってさ、まだ早くないか？」

「そうだよ。マサは渚ちゃんの親に会ったのか……俺はまだだけど……」

「まだ挨拶《あいさつ》していない。トシもまだってことは、やっぱりコレも双子あるあるかもな」

「それは違うだろ。とにかく、お互いに早く挨拶に行こうぜ」

「わかった。それじゃまたな」

「おう、またな」

◇

11月の最終日、イケちゃんの実家に松原が結婚の挨拶をしに行った。玄関の前に立つと、イケちゃんが松原の顔を見て問いかける。

「緊張しているの？」

松原は返事をせずにイケちゃんを見ているが、明らかに顔がこわばっている。

「大丈夫よ、心配しないで」

「本当に大丈夫かな？」

「私が選んだ人だから、きっと両親は受け入れてくれるはずよ」

「そ、そう願っているけど……君は長女だから、簡単には許してもらえるか……」

落ち着かせるつもりが、余計にプレッシャーを与えてしまったようだ。少し重たい雰囲気にさせてしまったが、玄関を開けてイケちゃんが大きな声で言う。

「お父さん、お母さん、ただいま！　松原さんを連れてきたよ！」

それから約20分後……松原が高校時代からイケちゃんが好きだったと告げると、母親からは純愛だと言われた。父親からは、公務員という安定した職業についているなら何も問題はないと言われた。

い、い、い、い、い、い、い、娘が選んだ男なら信じると言われて、あっさりと結婚が認められた。結納や結婚式については、後日改めて決めることになった。

◇

一方、ほぼ同じ頃、お姉さんと津田もお姉さんの両親に会うことになっていた。イケちゃんたちと同様に、結婚を認めてもらうためである。

白石家に車で向かう途中、津田よりもお姉さんのほうがやや緊張気味。

『いよいよ自分がお嫁さんになる』

そう思うと、なんだか不思議な感情が込み上げてくる。

「私、よくわからないけど……両親の前で泣いちゃうかもしれない」

いつもの様子とは違って弱気なことを言う彼女に、津田は微笑みながら話しかける。

「大丈夫さ。俺が君を守る！」

お姉さんは津田と目が合い、津田の自信に満ちた顔を見て笑ってしまう。津田も笑い出したので二人とも少しだけリラックスしてきた。


白石家に到着すると、すぐに母屋の玄関へ向かう。津田が玄関チャイムを鳴らすと、お姉さんの母親があらわれた。

それから約30分後……お姉さんの父親が思い描いている基準を津田がクリアしていたらしく、特に反対するようなことは言われなかった。

しかし、母親からはセクハラまがいの質問がくり返された。困惑して何もこたえられない津田を見て、お姉さんは必死になって母親の質問攻めを阻止しようとしていた。

最終的には、「俊彦君、娘をよろしく頼む」と、父親から言われて結婚を認めてもらえた。そして、結婚式や披露宴についての話は、後日改めて決めることになった。

◇

12月になり、予定通りに渚たちの灯台めぐりが始まった。岡山駅のホームで待ち合わせて、マリンライナーで瀬戸大橋を渡って初めての四国に上陸した。

高松駅に到着後、コインロッカーに荷物を預けてから駅前のうどん屋で讃岐《さぬき》うどんを食べる。食後は正午発のフェリーに乗船して男木島《おぎ》へ渡ることになっている。

「うどん、おいしかったね」

イケちゃんがお腹をさすりながら言っている。

「おいしかったけど、お腹なんてさすらないで……恥ずかしいわ」

「どうして？」

「あのね、もしかしたらさ、アタシ、妊娠したかもしれないのよ」

お姉さんが小声で言ったが、イケちゃんは何も言わなかった。

それから30分後、男木島港に着岸……風が穏やかなので寒さは感じない。イケちゃんがスマホのマップを見る。

「ほとんど一本道ね……じゃあ行こう！」

「灯台、待ってろよ。レッツゴー」

お姉さんは、いつもより控えめなかけ声だった。緩やかなアップダウンが続く道をひたすら進むと、ようやく左側が開けて海が見えた。イケちゃんが叫んだ。

「あっ、男木島灯台が見えたよ！」

敷地内のベンチに荷物を置いて、水分補給をしながら小休止。

「港から約2キロか……結構しんどかったね」

「お姉さん、調子はどう？」

「うん。軽く汗をかいたから調子は上向きかも」

「良かった。それじゃ見学開始！」

灯台周辺を歩き回り、それぞれが気に入ったアングルで撮影する。砂浜に出るとお姉さんが言い出した。

「そろそろアレ、お願いしてもいい？」

お姉さんの話し方が気になっているが、イケちゃんが恒例の儀式を始めた。

「初点灯は1895年12月10日……日清戦争の直後ね。御影石《みかげいし》で作られていて無塗装。これが最大の特徴よ。無塗装なのは角島灯台とここだけ……これって角島灯台で話したような気がする。覚えているかな？」

「覚えていないけど、私たちは両方を制覇した……やったねって感じがするわ」

「続けるよ。光達距離は約23キロメートル。歴史的文化財的価値が高いAランクの保存灯台で、日本の灯台50選に選出されている。周辺が瀬戸内海国立公園です。以上！」

「どうもありがとう。北海道で見た灯台とは全然違うわね」

「参観灯台として開放した記録がないのは残念……灯台記念日くらいは開放してほしいけど無理そうだよね」

「たしかに……ここまでのアクセスがチョットね」

「さあ、ツーショットタイムだよ！」


写真撮影の後、砂浜にある大きい流木《りゅうぼく》に座って海を眺める。

「こんなふうに過ごしたりする灯台って初めてよね」

「お天気に恵まれるのはいつものことだけど、今日の雰囲気は格別だと思う」

そう言ってから、イケちゃんはお姉さんの横顔をジッと見る。

「どうしたの……何かあるの？」

「あのね、先月の私の誕生日に、彼からプロポーズされたの……」

イケちゃんが淡々と語るので、お姉さんも同じテンションで言う。

「そうなんだ……私もさ、先月の私の誕生日に、彼からプロポーズされたの……」

一瞬の沈黙の後、お互いの顔を見て小さく叫ぶ。

「えっ、そうなの？　おめでとう！」

「イケちゃんも？　良かったわね。おめでとう！」

渚たちは手を取り合って、「ありがとう」と「おめでとう」をくり返していた。

しばらく別行動をしていたが、お姉さんがベンチに戻ると……先に戻っていたイケちゃんが目を閉じてゆらゆらしている。お姉さんは、その様子を動画撮影してから横に座る。イケちゃんの頭がお姉さんの肩にくっついた。数分後、イケちゃんが目を覚まして立ち上がる。

「アタシ、寝てたの？」

お姉さんはイケちゃんを見ながら微笑んでいる。

「あのね、夢を見ていたの……灯台の展望エリアから落ちそうになって……」

「それで、びっくりして目が覚めたの？」

「うん。お姉さんが手をつかんで助けてくれた……」

「あら、私って夢の中でもイケちゃんと一緒なのね……」

「そうだよ。これからもずっと一緒。お互いに結婚しても変わらないよ」

「でもさ、お互いに子供ができたらどうする？」

「えっ、そんなの考えたことない」

「さあ、そろそろ行きましょう」

「そうだね。神社に寄って旅の安全祈願をしよう！」

島の神社で安全祈願をすると、すでに午後3時を過ぎている。

◇

「次の午後5時発が最終便よ」

「女木《めぎ》島の散策は無理ってことね……」

イケちゃんのつぶやきにお姉さんが言う。

「いいのよ。予定通りに進んでいるわ。ゆっくり港に戻りましょう」

港に戻るルートは民家の路地裏だった。路面でくつろいでいる猫に、何度も遭遇した。


高松港行きの最終便に乗り込むと、今度は屋内のシートに座った。

「もう薄暗いね。夜の船って初めてかも」

イケちゃんは少し不安そうな顔をしている。

「女木島港を経由して15分くらいしたらさ、デッキのほうへ行くからね」

「ねえ、寒くないかな……」

「私たちは何をしに来たのかしら？」

「えっ、どういうこと？」

「いいから……お姉さんの言う通りにしなさい」

「あ～い」

午後5時半頃になり、二人がデッキに出ると、高松港の堤防の突端に何かが見えた。

「お姉さん、あれって何？」

「世界初の総ガラス張りの灯台よ。せとしるべという愛称と呼ばれているわ」

「スゴイわ。赤く発光していてカッコいい。写真撮ろう！」

「私は動画を撮るわ。写真はイケちゃんに任せたわよ」

あっという間に、フェリーが堤防の突端にある灯台の脇を通過した。幻想的な光景を見て二人は感動している。

「お姉さんの言っていたことがわかったよ。灯台めぐりって、本当に楽しいね！」

「高松港の名物灯台を見るには最終便がベストなの。とても綺麗だったわ」

「うん。お姉さん、ナイスです」

お昼に立ち寄ったうどん屋に再び入店。その後は駅のコインロッカーから荷物を取り出し、ホテルにチェックイン……初日は一緒の部屋だ。

「四国初上陸にカンパイ！」

乾杯をすると、お姉さんは自分のお腹に手を当てている。

「明日の予定を確認したら、今日は早めに寝ましょうね」

イケちゃんの提案により、交代で入浴をしてから就寝した。

◇

翌朝はホテルで朝食を済ませて、タクシーで栗林《りつりん》公園に向かった。公園内でのひと時を堪能した後は、本日のメインとなる場所へ移動する。ことでんに乗って着いたのは、ことでん琴平《ことひら》駅だった。

いよいよ、金刀比羅宮の石段にチャレンジする。

「お姉さん、調子はどうなの……大丈夫？」

「私は大丈夫よ。あなたこそ自分の心配したほうがいいかも……」

数分後、最初の石段に差しかかる。

「時間は気にしなくていいからさ、ゆっくり進みましょう！」

お姉さんの言葉にイケちゃんが軽くうなずく。

およそ1時間後、ようやく本宮《ほんぐう》にたどり着いた。旅の安全祈願をして周囲を見渡す。

「お姉さん、調子はどう？」

「だんだんテンションが上がってきたわ。あなたは大丈夫？」

「奥社へ行く前に休憩しない？」

「休んだ後がきついと思う。奥社でゆっくり休もうよ」

「あ〜い」


本宮を出発して約1時間後、ようやく奥社にたどり着いた。達成感を味わう前に参拝する。

「さすがに疲れたわ。たっぷり休憩するわよ」

「お姉さん……スゴイね。私より体力あるわ」

「ずうっと来たかった場所だから、アドレナリンが出まくっているかも」

しばらくして落ち着いたころ、渚たちは自分用に「天狗《てんぐ》のお守り」を買う。


讃岐富士をバックにしたツーショットを収めると、イケちゃんが階段を見ながら言う。

「上がるのは大変だったけど、下りるのも大変みたいね……」

「そうよ。よそ見をしたりして油断すると怪我するかも」

「2回も安全祈願したよ」

「石段だけでご利益《りやく》を使い果たす気なの？」

そんなやり取りをしながら石段を下り始めた。いい感じのペースで下りていったが、本宮に戻った時は足がヘロヘロ状態だった。

「休憩しよう。そろそろ私もキツイわ」

お姉さんの言葉に、イケちゃんは無言でうなずいている。

長い休憩をした後、ついに往復2700段余りを制覇した。所要時間はナント5時間。通常は3時間くらいだから、実にのんびりしていたことになる。

「旅行に来て、こんなに疲れたのは初めて……」

ようやくイケちゃんが言葉を発した。

「お腹減ってる?」

「うん。讃岐うどんが食べたい」

「また讃岐うどんでいいの……」

「だってさ、本場はお出汁がおいしいんだもん」

琴平駅へ向かう途中にある雰囲気の良さそうな店に入る。天ぷらと山菜うどんを注文。食べ終わると、今度はお姉さんがお腹をさすっていた。

「さあ、列車に乗って徳島駅よ。3時間くらいだから到着は午後9時半頃かな」

「ねえ、お姉さん。明日って朝は早いの?」

「8時にレンタカーの予約をしているから、朝6時には起きないとね」

「そうか、明日は室戸岬灯台なのね」

「そうよ。鉄道や路線バスだと往復で14時間以上もかかるのよ」

「レンタカーだとどのくらい?」

「休憩込みで往復8時間かな。昼頃に着いて、日没頃に徳島駅に戻ってから高松駅に移動よ」

「了解しました」

土讃《どさん》線から徳島線に乗り継ぎ、徳島駅に到着した。駅を出て夜空を見上げると、満月と眉山《びざん》が見える。2日目も二人は一緒の部屋だった。交代でシャワーを浴びてから部屋飲みを始めたが、翌朝に起きる時刻が気になり早めにお開きにした。

◇

ホテルの朝食を済ませてからチェックアウト。予約しているレンタカー屋へ向かった。レンタカーを借りて、まずはお姉さんの運転でスタート。

「カーナビをセットしたよ」

「ありがとう。レッツゴー！」

国道55号線を進み、牟岐《むぎ》町あたりで運転を交代する。室戸スカイラインに入り最御崎寺《ほつみさきじ》の手前にある駐車場で車を停める。

「ちょっと雲が多いね……視界も悪そう」

「仕方がないわ。イケちゃん、さあ行くよ！」

お姉さんが先に歩き始めると、海上保安庁の青い案内板の先に白い灯台が見えた。視界はあまり良くないが、太陽が出たタイミングで、二人は何枚も写真を撮った。

「さあ、イケちゃん……よろしく！」

「では始めます。室戸岬灯台の初点灯は明治32年4月1日。鉄で造られた白色塔形。光達距離は日本一で約49キロメートル。信頼性のある機関のサイトも同じだから間違いないと思う。日本最大級のレンズを備えた第1等灯台で、Aランクの保存灯台よ。日本の灯台50選に選出されていて、周辺は室戸阿南《あなん》海岸国定公園です。以上」

「どうもありがとう。私たちが訪問した中ではさ、規模がキングオブ灯台かもね」

「高台にあるから気づきにくいけれど、灯火標高は海面から150メートル以上もあるのよ」

「あのさ、私たちって昼間の灯台ばかり見てるよね。こんなにハイグレードな灯台の光を、海側から見てみたいわね」

「お姉さんの考えに賛同します！　灯台って本来は夜に役立つ建造物だよね。いつか、海を照らす勇《ゆう》姿《し》を見たい……どこの灯台にしようか迷っちゃうな」

二人は、過去に訪問した灯台のことを思い出していた。

「もしかすると、高松港の赤く発光する灯台だけかしら……夜に見たのって」

「あれはレンズで照らす灯台とは別のジャンルでしょ」

「まあ、いつかチャンスがあるわよ。さあ、最御崎寺でお参りしましょう」

そう言って、お姉さんが先に進む。参拝をしてから境内を散策して駐車場に戻った。

道の駅・日和佐《ひわさ》で食事を済ませ、二人は徳島駅に戻ってきた。すぐに列車に乗り、高松方面に移動した。節約のため普通列車を利用したので、高松駅に着いたのは午後9時頃だった。

ホテルに入ると、今夜は別々の部屋なので、お姉さんの部屋で宴を始めた。

「とりあえず、室戸岬灯台に乾杯よ！」

お姉さんの言葉に、イケちゃんがぼやいた。

「変なの……カンパ～イ！」

眠くなる前に、明日の最終日について確認する。

「明日はイケちゃんのリクエストの高松城址を訪問するわよ」

「待ってました！」

「朝イチで見学して10時10分発の電車に乗る。高山の渚駅到着が午後6時頃で、長野の渚駅到着は……あら、午後5時頃には着くみたいよ」

「そうなんだ。ねえ、高松城址って何時から入れるの？」

「えっとね、西門が午前7時に開門だって」

「静かな時間帯がいいよね。8頃から見学して、最後に讃岐うどんを食べよう！」

「いいわね。それじゃ明日の朝は7時40分にロビー集合よ」

「うん、わかった。じゃあ部屋に戻るね……おやすみなさい」

「寝坊しないでよ。おやすみ」

イケちゃんが出ていくと、お姉さんは時刻を確認してから津田に電話をかけた。

「こんばんは。今話せるかな？」

「大丈夫だよ。あれ、まだ旅行中だよね」

「そうよ、今夜は別々の部屋だから……」

「一人になって、俺のことを思い出したの？」

「まあ、そんな感じかもね。ところでさ、今度はいつ会えそう？」

「ちょっとわかんない……なるべく早く会えるようにする」

「そうなんだ。おみやげのリクエストってある？」

「みやげ話があればそれでいいよ。明日ってどんな予定なの？」

「明日は朝8時頃に高松城址へ行って、讃岐うどんを食べたら帰るわ」

「ふ〜ん。じゃあ無事に帰ったらメールちょうだい」

「わかった。そろそろお風呂に入るから……おやすみなさい」

「うん。おやすみなさい」


ほぼ同時刻に、イケちゃんも松原に電話をしていた。

「マー君、こんばんは」

「なんだよ、マー君って……こんばんは」

「あのね、今は高松のホテルにいるの……明日が旅行の最終日よ」

「何時頃に帰ってくるの？」

「明日の午前10時過ぎの電車に乗るけど、ウチに着くのは夕方の5時頃だよ」

「もう観光は終わったの？」

「まだあるよ、明日の朝に高松城址へ行くの」

「そうなんだ。結構見どころがあるから事前チェックしたほうがいいよ」

「わかった。後でチェックする。そろそろお風呂に入るから電話切るね」

「うん。寝坊しないようにね……おやすみ」

「お姉さんにも言われた……じゃあ、おやすみ」

エピローグ

渚たちの最終決断とは？

エピローグ　渚たちの最終決断とは？

最終日の朝を迎えた。予定通りにロビーで合流する。

「お姉さん、おっはよう！　さあ、高松城址へ……」

「はい、レッツゴー！」

高松城址の西門料金所から入った。

「ねえ、どうやって見学するの？」

「えっとね、見どころはチェックしてあるよ。まずは海寄りの櫓《やぐら》へ行きましょう」

イケちゃんの案内で真っ直ぐに進むと、左寄りに高い建物が見えた。

「高松城址は海城なのよ。さっきの堀には鯛《たい》が泳いでいるそうよ」

お姉さんは軽くうなずいている。海や櫓をバックに何枚かツーショットを収める。

「次はどこかしら？」

「向こうに渡り橋があってね、その先に天守台があるみたい」

「見晴らしが良いのかしら？」

「行ってみないとわからないけど……見どころとしてはダントツ人気らしいよ」

渡り橋を通り石垣の間の通路を通り抜ける。天守台に近づいて見上げると、天守台のほうから声がした。

「遅いぞ！」

「待ちくたびれたぞ！」

逆光になっているので顔は確認できないが、その声を聞いた渚たちは驚いてしまった。

「どうしてあなたたちがいるのよ？」

「そこで何してるの？」

お姉さんとイケちゃんの言葉に兄弟がこたえる。

「君たちが来るのを待っていたのさ」

「いいから、早く上がってきなよ！」

「お二人さん、どっちがどっちだかわかります？」

イケちゃんがお姉さんを見ると、何かつぶやいているみたいだ。

「パンツを脱がせればわかるんだけどな」

「お姉さん、ちょっと下品だよ」

「イケちゃんはわかるの？」

「僕って言わないと区別がつかないかも」

天守台にいる兄弟は手を振りながら笑っている。

「そうだ、わかったわ。あのジャケットって、前にマー君が着ていたのを思い出した」

「あのグレーのジャケット……大丈夫なの、間違いないの？」

天守台の上にたどり着くと、イケちゃんはグレーのジャケットではないほうに近寄る。

「自信があるならキスしてくれないかな……」

グレーのジャケットではない男性が言った。イケちゃんが男性の顔を両手で押さえて、顔を近づけようとした瞬間……もう一人のグレーのジャケットの男性が叫んだ。

「ストップ！　渚ちゃん、間違えないでよ。僕が真彦だってば！」

それを聞いたお姉さんが素早く反応して二人の間に入ろうとしたが、イケちゃんは男性の言葉を無視して、そのまま目の前の男性にキスをした。

その様子を見たお姉さんは呆然《ぼうぜん》としている。グレーのジャケットの男性がお姉さんに近づいて……熱いキスをした。

ダブルキスが行われた数秒後、イケちゃんがキスをしたほうの男性が言った。

「ほら、僕の勝ちだね。渚ちゃんが間違えるなんてありえないのさ」

「ジャケット交換したから、うまくいくと思ったんだけどな……俺の負けだよ」

兄弟のやり取りを聞いていたお姉さんが声を荒げて言う。

「しょうもないイタズラをするな！」

すると、イケちゃんがお姉さんに向かって言う。

「お姉さんは、急にキスされて驚かなかったね……」

「えっ？　一瞬だけ驚いたけれど、すぐにトシちゃんだってわかったから……ねえ、グレーのジャケットを着ていないほうを選んでキスしたのはどうして？」

「私たちをからかうつもりだろうから細工《さいく》していると思ったの……キスした理由はマー君のニオイがしたからよ」

イケちゃんの言葉に真彦がつぶやく。

「へえ、そうなんだ。僕の匂《にお》いね……」

「ところでさ、二人は何しに来たの？」

イケちゃんが素朴《そぼく》な疑問を投げかけると、兄弟が声を揃えて言う。

「声を聞いたら会いたくなった。だから来ちゃいました！」

渚たちは、自分のパートナーの顔を見て唖然としている。すると、お姉さんが津田に近寄り問いかけた。

「ねえ、どうやって来たの？」

「車だよ。昨夜は松本の実家に帰っていたんだ」

今度はイケちゃんが松原に問いかけた。

「すごく時間がかかったでしょ。ちゃんと寝てないんじゃ……」

「トシと交代で運転したり寝たりした。淡路島《あわじしま》は真っ暗だったよな」

すると兄弟が自分のパートナーに向かって言った。

「結婚式……一緒にやろうよ！」


あまりにも唐突な言葉に渚たちは絶句……兄弟は黙って返事を待っている。

「あのさ、私……プロポーズされたけれど、指輪はもらっていないわ」

「えっ、お姉さんも……ねえ、いつくれるの？」

兄弟はパートナーの前に指輪の入ったケースを差し出すと、渚たちの手をやさしくつかみ指輪をはめる。そして、再び声を揃えて言った。

「結婚式……いかがでしょうか？」

まさかのサプライズに、渚たちが感動していると兄弟は思っているが、渚たちの様子は違っていた。

「指輪を渡せば女性が素直に従うとでも思ってるの！」

「そうよ。結婚式のことだって……兄弟で勝手に決めるな！」

お姉さんもイケちゃんも語気が荒い。


天守台の階段付近から拍手のような音がする。

「そうですよ。お嬢さんたちの気持ちはよくわかるわ」

年配のご婦人たちから言われてしまった。

「あっ、天守台を独占して申しわけありません。そろそろ下りますから……」

津田がご婦人たちに会釈して下りる仕草を見せると、お姉さんが制して言う。

「せっかくだから、こちらのご婦人方に見届けてもらおうかしら」

「よろしいでしょうか？」

イケちゃんがご婦人たちに問いかけた。

「はい、喜んで。さあ、続きを始めてちょうだい」

いつの間にか、ご婦人たちも天守台に上がっている。


「マサ、お前からなんとか言ってくれよ」

「兄貴なんだから、お前が言えよ」

津田は渚たちを見てから大きめの声で言う。

「俺たちで勝手に決めて、すみませんでした！　こだわりが強すぎて指輪を渡すのが遅くなりました。ごめんなさい！」

そして兄弟が声を揃えて言う。

「渚さんと渚ちゃん！　合同結婚式ってどうですか？」

言い終わった兄弟は、自分のパートナーをジッと見つめている。お姉さんはイケちゃんとアイコンタクトをして、満面の笑顔で言った。

「はい、一緒に結婚式を挙げましょう！」

すぐ近くで聞いていたご婦人たちが、四人に向かって拍手をしてくれている。

「みなさん、どうもありがとうございます」

お姉さんが代表してお礼を言うと、ご婦人の中の一人から言われた。

「もしも違っていたらごめんなさい。お嬢さんたちは潮岬灯台に行かれたことはある？」

「ハイ。４年くらい前に訪問しましたけど……」

イケちゃんがこたえると、ご婦人はさらに続ける。

「朝一番に来て参観されましたよね。帰りにはリーフレットを受け取って……」

「えっ？　もしかして、あの時の係員さんですか？」

お姉さんがチョッと興奮気味に聞き返すと……。

「こちらのお嬢さんの声に聞き覚えがあったの。とても素敵な声よね……」

イケちゃんを見ながら、ご婦人が微笑んでいる。

「あの時にいただいたリーフレットのおかげで、私たちは全部の参観灯台を訪問しました！」

お姉さんが言うと、目をウルウルさせながら、イケちゃんがご婦人に向かって話しかけた。

「声を覚えていてくれてうれしいです。あの日が灯台めぐりを始めたきっかけになっていて、今も日本中の灯台を訪問する旅を続けています」

「あら、そうなの。とっても素晴らしいわね。お二人とも、ご結婚おめでとうございます」

渚たちは感極まったらしく、ご婦人の手をつかんでお礼を言っている。

兄弟たちが天守台を下りるタイミングで、お姉さんが声をかけた。

「先に行っていいわよ。渡り橋の所で待っていてね」

お姉さんに言われて、兄弟たちだけ立ち去る。

「どうしたの？　何かあるの？」

イケちゃんの問いかけに、お姉さんがうれしそうな顔でこたえる。

「あのね、私に考えがあるの……ちょっと待っていてね」

お姉さんはペンと手帳を持って、先ほどのご婦人に連絡先を聞いていた。


天守台を下りて、四人は渡り橋で合流した。兄弟が空腹をアピールするので、今回の旅の初日と同じ店に入って讃岐うどんを食べた。ようやく空腹が満たされると松原が話し出す。

「このままドライブして淡路島へ行こう！」

「その後は、俺が渚さんを家まで送っていくよ！」

「お姉さんは送ってもらえるのね……私は？」

そう言って松原を見る。

「渚ちゃんと僕は名古屋駅付近で降ろしてもらう。その後は電車で松本へ帰る」

「ありがたいけどさ、また勝手に決めてる！」

お姉さんは兄弟を見て頬っぺたをふくらませている。

「私はマー君と電車に乗りたいな……お姉さん、いいよね？」

お姉さんが小さくうなずいた。

「さあ、そろそろ出発だ。まずはマサの運転で……みんなが交代で運転するぞ！」

津田のかけ声で全員が車に乗り込んで出発。大鳴門橋《おおなるときょう》を渡り淡路島南パーキングエリアで休憩して運転者がイケちゃんになった。

淡路パーキングエリアでも休憩……全員で観覧車に乗る。その後、お姉さんが垂水《たるみ》パーキングエリアを経由して関ヶ原インターチェンジまで運転した。運転は津田に代わり関ヶ原駅前に到着した。

「さあ、着きましたよ。渚ちゃんとマサは電車で帰ってね」

「ハイ。運転お疲れ様でした」

イケちゃんはお姉さんと津田に手を振ると、松原と一緒に車を見送った。

◇

四国初上陸の旅から数週間後、クリスマスの日に四人で集まろうかという話が出ていたが、うまく調整がつかずクリスマスはカップル同士で過ごすことになった。それぞれが考えたことを、親たちとの顔合わせの時に提案しようと決めたようだ。

◇

年が明けた1月4日に、富山駅前のホテルで両家の顔合わせが行われた。津田家からは父親と俊彦、松原家からは母親と真彦、白石家からは両親とお姉さん、池江家からは両親とイケちゃんが出席した。

クリスマスの日に、それぞれのカップルで考えた合同結婚式のプランを親たちに公表した。合同結婚式については承認されたが、結婚式の日取りと場所については意見が分かれた。

場所は一旦保留として、いつ式を挙げるかの話題になった。3月末頃から6月頃を検討したが、それぞれに都合が良くないと判明。7月と8月は暑いからという理由だけで却下された。

このままでは秋以降になってしまいそうだが、何も決まらないまま時間だけが過ぎた。話し合いは暗礁に乗り上げそうになっていて、合同結婚式までも実現が危うくなっていた。

『私たちが一緒にやりたいのは結婚式だけ』

イケちゃんとお姉さんの気持ちは同じだが、親たちにも何かしらの考えや事情があるらしい。初めての顔合わせで何もかも決めるのは無理があると思っているようで、津田も松原も意見を言おうとしなかった。

トイレ休憩のタイミングで、イケちゃんとお姉さんは話をする。

「イケちゃん、私たちの考えってわがままなのかな？」

「結婚式の日取りよりも灯台めぐりを優先させたのはさ、ちょっとまずかったかもね……」

イケちゃんに言われるまでもなく、お姉さんも段取りや根回しが必要だったと気づいていた。親たちを納得させるような考えは、今すぐには浮かんできそうもないと感じている。

少しして、お姉さんがふとつぶやくように言った。

「イケちゃんのお母さんが『この子たちは四人で1組なのかもしれません』って言ってたよね」

「そうだけど……この状況と何か関係があるの？」

「あの言葉を聞いて思ったの……どんな困難があっても、私たち四人で協力し合えば乗り越えられるってね」

「私のお母さんの言葉って、そんなに重みがあったの？　たしかに、二人よりも四人のほうが心強いかもしれないね」

イケちゃんは、鏡に映ったお姉さんの様子を見ている。

「披露宴なんて今はどうでもいい。ねえ、結婚は認めてもらっているから結婚式は自分たちだけでやろうよ！」

「えっ、どういうこと？」

お姉さんからの爆弾発言にイケちゃんの思考回路が追いつかない。トイレ休憩後も話は進展せず、また日を改めてということで解散した。

◇

両家の顔合わせを兼ねた話し合いが不発に終わり、イケちゃんとお姉さんは、そのままホテルのラウンジに移動した。津田と松原は、それぞれの親たちを車で送っていった。

「さっきのトイレでの話だけど、お姉さんには考えがあるの？」

「私たちの原点って何だと思う？」

「出会いのこと？　えっ、何なの、聞かせてよ」

今日のお姉さんの言動は、イケちゃんにはまったく読めていないようだ。

「私たちがそれぞれのパートナーに巡り合えたのは偶然かもしれないけれど、その前に何があったのか思い出してみて」

「私とお姉さんが出会って一緒に旅行をしたことかな……」

「そうね、無謀とも言える参観灯台完全制覇を達成したわ」

「無謀って……楽しかったでしょ」

「当然よ。最高だった……それもこれも、あれが原点だったでしょ」

「もしかして、潮岬灯台でリーフレットをもらったことかな？」

「そうよ、それでね……」

お姉さんの話し方が早口なので、イケちゃんがやんわりと告げる。

「ちょっと落ち着いてよ。さっきから早口だよ」

「えっ、そうかな。それでさ、その時の係員だった人に四国で再会したんだよ。しかも、その人は私たちのことを覚えていてくれた。そして、私たちの結婚を最初に祝福してくれたのよ！」

興奮気味に大きな声で話すので、イケちゃんは困惑している。すると、お姉さんが言い放つ。

「あの係員の女性に立会人になってもらってさ、潮岬灯台で結婚式をしようよ！」

イケちゃんが何か言おうとすると、お姉さんは電話してくると言ってラウンジを出ていった。


お姉さんは四国で再会した係員の女性に電話をかけた。

「はい、山本です。どちら様？」

「こんにちは。私、四国の高松城でお会いした白石です。覚えていらっしゃいますか？」

「ええ、覚えていますよ。もう一人の女性と一緒に指輪を……」

「あのう、今日はお願いがあって連絡しました。今、話しても構いませんか？」

「大丈夫ですけど。お願いって何かしら？」

お姉さんの言葉に山本さんは不安そうな様子だ。

「潮岬灯台の敷地内で結婚式ってできますでしょうか？　略式でも構いませんが……」

あまりにも突飛な問いかけに、山本さんはさらに不安そうだ。

「どうして灯台で結婚式なのかしら……何か理由があるの？」

「私たちにとってあの場所は大切な思い出の地なんです。結婚式をどこでやるかと親たちと話し合った時、合同結婚式にしたいと決めていたのですが……」

「話し合いはうまくいかなかったのかしら……」

「そうなんです。それで自分たちだけで結婚式をやろうと決めました」

お姉さんの話を聞いて、山本さんは思案している様子。


「あなたたちは若いから自由な発想で物事を考えるみたいだけど、あなたたちの親世代から言わせていただくと……」

「すみません。変なことを言って困らせてしまっていますよね。親たちが参加する結婚式をしたくないというのではありません。いつか必ず結婚式も披露宴もやりたいです。だけど、その前に思い出の場所で……そして、山本さんに立会人になっていただいて結婚式をしたいんです！」

「私が立会人ですって！」

次から次へとお姉さんが話を進めるので、山本さんは呆れているが、少し考えてから言った。

「あのね、たしかな約束はできないけど……心当たりのある人に相談してみるわ」

「それって灯台の関係者さんでしょうか？」

「それもあるけれど、潮御崎《しおのみさき》神社の神主さんを知っている人に聞いてみないと……略式だとしても、神主さんが神様に祝詞《のりと》を捧げないと儀式として成立しないわよ」

山本さんに言われるまで、お姉さんは深く考えていなかったことを反省した。

適切な助言を受けた後、最終的に山本さんの協力を得ることはできた。神主さんの都合や灯台敷地内の使用許可などについては、連絡待ちとなり通話を終えた。ラウンジに戻ると、イケちゃんが問いかけてきた。

「話はできたの？」

「うん、話ができたよ。自分の考えが浅かったことがわかった。灯台の敷地で結婚式をするには許可が必要だし、神主さんの手配も必要だってこと。結婚式の立会人になってほしいとお願いもしたわ」

「それで、立会人になってくれそうなの？」

「ちょっとうれしいって言ってくれたわ」

イケちゃんはホッとした様子だが、お姉さんはその他のことが気になっている。

「私から兄弟に伝えるけど、イケちゃんのフォローを期待しているわ」

「そんなに焦らなくて良いと思う。お姉さんが考えたイベントは、あの女性から実現が可能だと言われてからが本格始動だよ」

「そうだよね。それに、あの兄弟が賛同しないなんてありえないし……」

「わかっているんだったら落ち着こうよ。高山のバスセンターまで乗せていってください」

「今日は疲れちゃったね。彼たちの両親との初対面で神経がすり減ったわ。だからさ、高山まではイケちゃんが運転してよ」

「いいけど。疲れたのは私だって同じだよ。彼たちの両親だけじゃなく、私たちのお父さんの意見がバラバラだったから……すんなりとはいかないと思っていたけど、やっぱりって感じだったな」

それから数時間後、高山のバスセンターで二人は解散した。

◇

お姉さんが依頼していた件について、潮岬灯台の係員をしていた山本さんから電話連絡があった。

「山本です。今、よろしいかしら？　先日の件ですけど、結論から言わせてもらうとね……」

山本さんの話が一瞬だけ止まり、しばしの沈黙があった。お姉さんは、不安な気持ちを抱えながら言葉を待っていた。

「条件……そう、条件を満たしてくれたら可能らしいわ」

「条件ですか。それって難しいことなのでしょうか？」

「そうね、私が白石さんの立場だとしたら……そういえば、こちらにいらっしゃるとか話していましたよね」

急に話題が変わり、お姉さんは少し拍子抜けする。

「声がかわいらしい、あの子に会いたいのよ。一緒に来てくれるかしら？」

「はい、喜んで。それで条件ですけど……」

「そうだったわね。大丈夫よ、気にしなくて……今度の日曜日でどうかしら？」

「すぐに確認しますので、折り返し連絡します」

そう告げてから通話を切り、すぐにイケちゃんに電話した。

「イケちゃん、あのね、急で悪いけど休みをとってくれないかな……」

「あっ、お姉さん。どうしたの？　もしかして、あの女性に会いに行くの？」

「そうよ。一緒に和歌山県の串本《くしもと》へ行こう！」

「もう行くって言ったの？」

「あのね、条件をクリアすれば結婚式は可能だって言われたのよ！」

「お姉さん、また早口になっている。落ち着いてよ。有給休暇を申請する……だから大丈夫よ」

「ありがとう。山本さんに行くって伝えるね」

「山本さん？」

「あの時に会った係員の女性よ。今夜また電話する。じゃあね」

そう告げて、お姉さんは電話を切った。

◇

お姉さんは山本さんに電話をして、次の日曜日に会う段取りを話した。夜になりイケちゃんに電話をして、会う段取りなどの説明をした。

「ねえ、串本まではどのルートで行くの？」

イケちゃんから言われて、お姉さんはノープランだったと気づく。この件に関しては冷静なイケちゃんの提案で、前夜に車で出発して朝に到着することになった。それぞれのパートナーに電話をして事情を話し、一緒に行こうと言われて段取りが決まった。

「状況を話したらさ、自分たちだけで勝手に決めるなって怒られちゃった！」

「私もイケちゃんと同じよ。私たちってさ、なんとなく突っ走っちゃうのよね」

お姉さんが変なことを言うと、イケちゃんが、山本さんへのお礼の品を用意しようと提案する。イケちゃんは信州そばのセット、お姉さんは飛騨牛のレトルト商品のギフトセットに決めた。

◇

日曜日の朝7時頃、2台の車が和歌山県の新宮駅《しんぐう》前で合流して潮岬灯台へ向かった。午前9時前に潮岬灯台付近の駐車場に到着。灯台入り口の門の横で山本さんが手を振っていた。

「おはようございます」

お姉さんが代表して挨拶をする。

「おはようございます。あら、全員でいらしたのね」

「おはようございます。池江渚です。覚えていらっしゃいますか？」

「ええ、あなたの顔は覚えていなかったけれど声は覚えていたわよ」

そのタイミングで兄弟も挨拶に加わった。

話をする前に、渚たちの提案で、兄弟に参観灯台を体験させることになった。しばらくして、展望エリアのほうから兄弟の絶叫が聞こえた。

およそ10分後に兄弟が戻ってきた。

「生まれて初めて見る絶景だったぜ！」

「貸し切りだったから叫んじゃったよ！」

少年のようにキラキラした目をしていた。


「さあ、神社のほうへ行きましょうか？」

山本さんに言われて、潮御崎神社に移動する。境内に入ると、山本さんが話し出す。

「この前に話していた条件のことだけど、潮御崎神社の氏子ではない人が結婚式を挙げるのは難しいかもって言われたわ。だからね、神社の境内でなければいいかと聞いてみたの。そしたらね、それなら特に問題はないでしょうって言っていたわ。ついでに言っちゃうとね、結婚式の当日は潮御崎神社とは関係のない神主さんが担当してくれるのよ。私の近所の神社の人がやってくれるって言ったからお願いしたわ」

山本さんの説明を聞いて、全員が安堵の表情をしていた。山本さんが再び話し出す。

「それからね、灯台の敷地って元は潮御崎神社の境内だったそうよ。だから、結婚式をする前か後で必ず神社でお参りをしてくださいと潮御崎神社の関係者の人がおっしゃっていたわ」

全員が大きくうなずくと、山本さんが少し低い声で話し出した。

「あとは灯台の敷地の使用許可だけど、参観灯台の運営管理をする組織へ連絡したのよ。結論から言うとね、海上保安庁の管轄らしくて使用するのは無理だと思う」

「そうでしたか。ありがとうございました」

お姉さんが落胆した表情で言うと、山本さんが提案してきた。

「灯台の敷地内ではなくて、灯台の入り口付近の路上で記念撮影をするのはどうかしら？」

全員が顔を見合わせたまま思案していた。


しばらくして、イケちゃんが山本さんに問いかけた。

「あのう、灯台の近くで結婚式ができそうな場所ってありませんか？」

山本さんは少し考えてから、スマホを取り出して電話をかけた。

「あっ、山本です。急なんだけど、2月最初の日曜日にね、30分だけでいいから、お庭を使わせてもらえないかしら？」

しばらくして通話が終わり、山本さんが全員に向かって話し出した。

「私の親戚なのよ。この近くに家があって庭から灯台が見えるわ。そこで結婚式をやってから、灯台の門の手前で記念撮影をするという流れでどうかしら？」

山本さんの提案は魅力的であり、諦めかけていたお姉さんは笑顔になった。

「ありがとうございます。よろしくお願いします！」

お姉さんが頭を下げながら言うと、イケちゃんたちも一斉に頭を下げた。

「あのう、僕たちの服装ってどうしたら良いですか？」

今まで黙っていた松原が会話に加わる。

「それってさ、渚さんたちのほうが重要なんじゃないの？」

津田に言われるまでもなく、渚たちも気になっていた。


山本さんから提案があった。

「このあたりには着替える場所はないから、串本駅付近のホテルで泊まることにして着替えれば良いと思うわ。ホテルから衣装のまま移動して結婚式をするの」

「やっぱり衣装は、和装じゃないとダメかな」

イケちゃんはお姉さんに問いかけるが、お姉さんもどうしたら良いのかわからない。

「略式でもいいと言っていたわよね。いつか親が参加する結婚式や披露宴をするとも言っていたわよね……」

山本さんの話を聞いて、イケちゃんが話し出す。

「私は聞いてないよ。それって、トシさんと話し合ったの？」

お姉さんは独断で言ったことなので何も言えない。

「渚ちゃん、僕たちだって同じ考えだよね。それについては、お姉さんと話し合おう」

松原に続いて津田が話し出す。

「二人で話し合ってはいないけど、そうなることは想像できていたよ。俺はさ、何度でも君たちの花嫁姿が見たい」

兄弟の言葉に、山本さんが感心している。

「素晴らしいパートナーさんたちだわ。それに皆さん仲がよろしいのね」

山本さんに言われて、イケちゃんの気持ちが落ち着いてきた。

結婚式の衣装やカメラマンやマイクロバスの手配など、決めるべきことが次々と浮上した。全員の意見が出そろったところで、お姉さんが山本さんに問いかける。

「神主さんのご都合ですけど……それから、おいくらくらい包んだらいいでしょうか？」

「相場がわからないから、知り合いに聞いてみるわ。それから神主さんの都合だけれど、2月最初の日曜日なら大丈夫だと言っていたわ」

お姉さんがイケちゃんたちの顔を見ると、全員が大きくうなずいていた。

串本駅付近まで山本さんを送っていき、お姉さんとイケちゃんからお礼の品を渡した。その後、串本駅の近くにあるホテルへ行き、宿泊の予約と貸衣装などについての相談をした。

◇

2月最初の日曜日の夕方、潮御崎神社の拝殿に向かって四人が並んで手を合わせていた。

「さあ、お庭に移動しましょう」

立会人の山本さんに言われて歩き出すと、神主さんとカメラマンが待機している車に戻った。山本さんの親戚のお庭に到着して所定の位置につくと、神主による祝詞が読み上げられる。

「かしこみ～、かしこみ～」

お姉さんもイケちゃんも、そして兄弟も、背筋を伸ばして慎《つつし》みの心と敬《うやま》う心を誓っている。祝詞を奏上《そうじょう》した後で、三三九度の儀式を行い永遠の契りを結ぶ。

新郎たちによって誓詞《せいし》が読み上げられた。用意していた台座の上に、玉串《たまぐし》をお供えした。カメラマンが脚立の上からカメラを構えると、ついに特別な儀式の瞬間が訪れた。新郎新婦による指輪の交換である。

イケちゃんは満面の笑みなのに対して、お姉さんは泣いているようでもあり笑っているようでもある。略式の結婚式なので、最後に立会人である山本さんから新婦たちに花束が贈られた。これで一連の儀式が終わった。

松原が神主さんと山本さんを呼び寄せて集合写真を依頼した。お姉さんも太平洋に沈む夕日を背景にしたアングルでの撮影を依頼した。そして津田が渚たちだけの記念撮影を依頼すると、イケちゃんの提案で潮岬灯台の門前で撮ることに決まった。

山本さんの親戚にお礼を言ってから車で移動した。潮岬灯台の門前に着くと新婦だけで並んだ。

「では、2枚撮りますよ～」

カメラマンが告げて1枚目が撮影された。

「はい、次が本当のファイナルショットです。では撮ります！」

その瞬間、イケちゃんはお姉さんの頬にキスをする。お姉さんは突然の出来事に目を大きく開いたまま固まっている。撮影が終わり、兄弟が拍手している。

「えっ、びっくり。でも、どうして？」

「だって、普通の写真だけじゃ物足りなくて……メモリアルショットがほしかったの」

イケちゃんの言葉に松原が続く。

「カメラマンさんにね、事前にお願いしていたんだ。最後の写真は、アレをしようってね」

「大成功だったな」

津田も笑いながら手を叩いている。


片づけが終わり、全員でマイクロバスに乗り込み、神主さんと山本さんを送り届けてからホテルに到着した。着替えを済ませて客室でくつろいでいると……。

「良い結婚式だったね。写真が仕上がるのが楽しみだ」

松原がイケちゃんを見ながらしみじみと語った。

「俺はちょっと緊張したな。もしも参列者がいたらもっと緊張したかも」

津田もお姉さんを見ながらおどけた顔をしている。

「お姉さん、結婚式の感想は？」

「感無量よ……と言いたいところだけれど、イケちゃんのキスが一番印象に残りそうだわ」

「私も同じだよ。私たちの原点である灯台の前で記念撮影ができて最高の気分よ！」

「トシちゃん、マサさん。私のわがままに付き合ってくれて本当にありがとう」

兄弟は言葉の代わりに大きくうなずいて微笑んでいる。


「ねえ、お姉さん。結婚式が無事に終わったけど、何か忘れているような……」

「えっ、何かしら？　そうだ、春の灯台めぐりよ！」

「まだ何も考えていないけれど、今度は私の番だよね？」

「そうよ。桜前線のチェックを忘れないでよ！」

いつもの渚たちらしい会話が始まり、兄弟は黙って見ている。

「桜を見ながらのお城めぐりも楽しみだね」

「あのさ、その先の6月頃の灯台めぐりだけど……新婚旅行ってどうかしら？　というより、このまま新婚旅行に行っちゃう？」

お姉さんの表情を見て全員が呆れている。

渚たちの旅の話はさらに続いたが、とりあえず乾杯をして落ち着こうということになった。

「それじゃ、結婚式の打ち上げをしましょう」

お姉さんのかけ声でイケちゃんがシャンパングラスを準備する。そして、松原がシャンパンをグラスに注ぐ。お姉さんが津田にアイコンタクトすると……。

「みんな、いいかな……」

グラスを持ったまま、渚たちがうなずく。

「潮岬灯台に、乾杯！」

津田の意外すぎるかけ声にお姉さんは大笑いしていたが、イケちゃんは内心では思っていた。

『トシさんって、お姉さんと似た者同士かも』

そして渚たちは……未知なる世界に向かって、新しい灯台めぐりの旅を思い描いていた。


（第二章・完）

あとがき

前作品である『ふたりの渚　～水平線を見に行こう～』を書き上げた時点で、すでに今作品は完成していました。前作品の中で主人公たちが訪問した参観灯台は、すべて自分自身が実際に訪れて体験しているので、私的にはリアルな描写ができたと思っています。

しかし、今作品を世に出そうと決めた時に気になることが一つありました。今作品で主人公たちが訪問した灯台の中には、実際には自分自身が訪問していない灯台が含まれていたのです。写真を見ながら想像だけで書き綴ることは、自分らしくはないと思いました。そして、人生初となる取材旅行にトライしました。

小説の内容とは順番が異なりますが、まずは香川県の男木島灯台を目指しました。とても素晴らしいロケーションであり天候にも恵まれました。実際に現地へ行ってみて感じたのですが、小説のネタ探しを意識していなくても次々と書いてみたい場面に遭遇しました。その後で訪問した女木島や高松港玉藻防波堤灯台を含めると、その一日だけで小説が書けてしまうくらい充実していました。

その次は、北海道の根室エリアにある灯台へ取材旅行をしました。花咲灯台までは根室のホテルから徒歩で向かいましたが、それだけでも小説のネタがいくらでも見つかりました。そして落石岬灯台へと続くのですが、ここに関しては写真を見ただけで書いてはいけないと痛感しました。想像で描くのも小説には違いないかもしれませんが、現地に行ってみないと気づかないこと、あるいは伝えられないことが無数にありました。ようするに、現地を訪れて大正解でした。

小説内では描き切れていませんが、灯台を訪問した後で、地図アプリを見ながら迷子になるアクシデントがあったり、草原を走り抜けるエゾシカの群れや雄のエゾシカにも遭遇しました。これら全部を小説のネタにしたい気持ちになりましたが、それを実行したら収まりきらないと考えて、主人公たちにふさわしいエピソードだけを書いてみました。

私のライフワークとしての灯台めぐりは現在も続いています。『ふたりの渚』の物語は今後も展開していく予定ですが、これからも現地で見て体験したことだけを伝えるというポリシーを貫いていきたいと考えています。

前作品が完成した後に、次の作品でも同じ編集担当者にお願いしたいと思っていました。その願いが叶って、今回も幻冬舎ルネッサンス編集部の山下様に担当していただけることになりました。

今回の作品では前回以上に多くの助言を受け、かなり納得のいく作品に仕上がりました。とても感謝しています。

その後、編集担当者が松枝様に引き継がれましたが、表紙のデザインなど素敵なアイデアをいただきました。とても感謝しています。

幻冬舎ルネッサンス企画編集部の中本様には、今作品の副題である『未知なる世界と恋の予感』について、とても素敵だと評価していただきました。

この本を担当された方々には、厚く感謝を申し上げると共に、今後もどうぞよろしくお願いいたします。

【著者プロフィール】

伊坂 勝幸（いさか かつゆき）

昭和36年9月15日　東京都墨田区生まれ。

平成23年10月会社員を辞めて旅人になる。

50歳になり会社勤めに区切りをつけ、満を持して旅人へと転身した。独り者なので誰に相談することもなく気ままに旅をしようと思い立ち、経済的なことや再就職のことを考えずに成り行きまかせのスタートだった。

JR北海道全線制覇を目指した最初の気まま旅から、全国津々浦々を巡り5年7ヶ月も続きました。

再就職をしてからも年に数回のペースで気まま旅を継続。

ふたりの渚《なぎさ》
～未知《みち》なる世界《せかい》と恋《こい》の予感《よかん》～

2024年9月20日　第1刷発行

著　者　　伊坂勝幸
発行人　　久保田貴幸

発行元　　株式会社 幻冬舎メディアコンサルティング
〒151-0051　東京都渋谷区千駄ヶ谷4-9-7
電話　03-5411-6440（編集）

発売元　　株式会社 幻冬舎
〒151-0051　東京都渋谷区千駄ヶ谷4-9-7
電話　03-5411-6222（営業）

印刷・製本　中央精版印刷株式会社
装　丁　　弓田和則

検印廃止

Printed in Japan
ISBN 978-4-344-69162-9 C0093
幻冬舎メディアコンサルティングＨＰ
https://www.gentosha-mc.com/